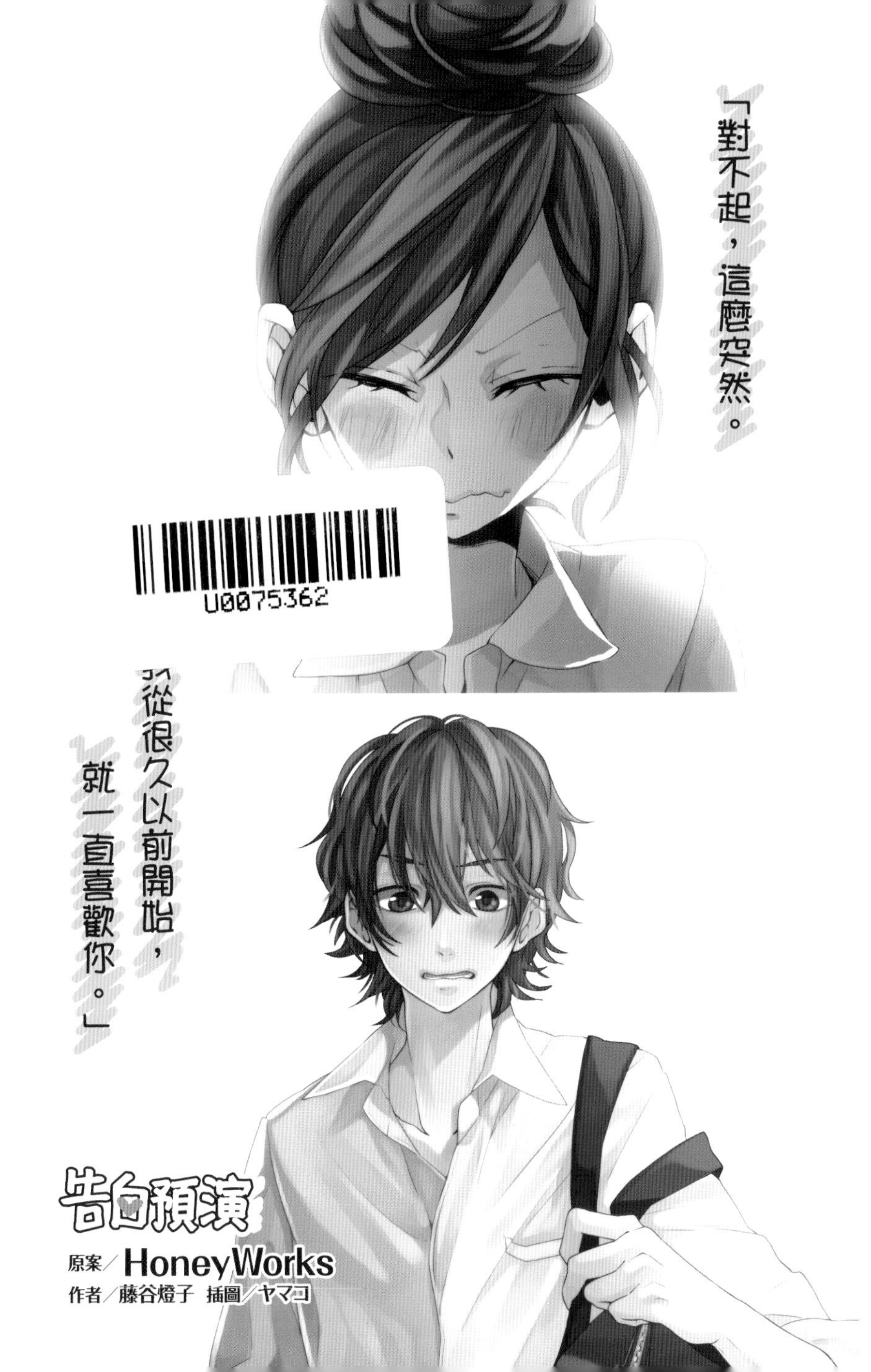
「對不起，這麼突然。
從很久以前開始，
就一直喜歡你。」

告白預演

原案／HoneyWorks
作者／藤谷燈子　插圖／ヤマコ

我說了。我終於說出口了。
榎本夏樹
高三，美術社社員。
長年以來都在單戀。

瀨戶口優
高三，影研社社員。
夏樹的青梅竹馬。
不過，這個是…

這是告白的預演啦。
啥？預演!?
你當真了嗎？開玩笑的啦。
我會當真耶！

咦，咦…
咦咦咦咦~~!!
嗚嗚…
這是反擊——
所以…
妳正式上場時的對象是誰？

……
這我怎麼可能告訴你啊～
好痛!!
バシバッ
噯噯～你之後再繼續陪我練習吧～
真沒辦法～
萬歲～
那妳要請我吃拉麵喔～

喜歡～我喜歡你，很喜歡你喲——
嗯～再投入更多感情。
這是最後一次了，再陪我練習吧。
等等！

←以顫抖聲音道出的心意將何去何從——!?

告白預演系列 1
告白預演
原案／HoneyWorks
作者／藤谷燈子　插圖／ヤマコ
Kadokawa Fantastic Novels

告白預演系列①

告白預演

ents

內頁插圖／ヤマコ

cont

introduction ～前奏曲～

「在那之後，已經過了七年了呀……」

我望著從櫃子深處重見天日的畢業紀念冊，輕聲這麼喃喃自語。

封面印著既是母校、同時也是我目前服務單位的「櫻丘高中」這個校名。

「真令人懷念～原來設計都沒有變過啊。」

前幾天，這屆的畢業紀念冊被送到教職員辦公室裡來。如果把這本跟它們擺放在一起，我恐怕會分不出哪本才是自己的畢業紀念冊。真要說有哪裡不同，大概也只有我的稍微有曬過的泛黃褪色而已吧。

「在畢業之後，就很少翻這本了呢～」

我打算翻開久違的書頁，但微微顫抖的指尖卻只是從封面擦過。

introduction
～前奏曲～

「……討厭，我未免也太緊張了吧。」

我苦笑道，不經意地垂下眼簾。

深呼吸之後，我緩緩翻開內頁。

「哇，大家都好年輕喔！」

這不是幼稚園或小學時期的畢業紀念冊，再怎麼樣也還不至於讓人浮現「這是誰呀？」的疑惑。儘管如此，朋友們在照片中的笑容，仍帶有一絲純真無邪。

而我，除了一貫的短瀏海和細軟的髮絲以外，表情看起來比現在更內向文靜許多。

高中時期，我們多半是三個女生、三個男生的六人行狀態聚在一起。

直到現在，一群人也經常碰面，暢談過往的趣事或是報告彼此的近況。

除了一個人以外。

「不知道他現在好不好……」

自從畢業之後，我們便不曾見過面。但我腦海中的他，永遠帶著宛如太陽般的笑容。

告白預演

我閉上雙眼，高中時代的情景鮮明地復甦。

燦爛、苦澀，同時又總是全力以赴的那些日子。

introduction
～前奏曲～

Natsuki Enomoto
榎本夏樹
生日／6月27日
巨蟹座
血型／O型
喜歡運動和
畫漫畫。
隸屬於美術社。
單戀著優，但一直
無法坦率表達心意。

practice
~練習1~
1

Practice 1 ～練習1～

起因是一封信。

放在青梅竹馬瀨戶口優鞋箱裡頭的那個東西，就是俗稱的情書。午休時，他被留著一頭俏麗短髮的可愛學妹約到體育館後方告白。回到教室之後，優這麼表示：

「畢竟也得準備考試，我像平常一樣婉拒掉了。」

聽到他以平淡語氣道出的事實，夏樹暗自鬆了一口氣。

然而，下一刻，她的心臟隨即暴動起來。儘管裝出一副若無其事的態度，但那個青梅竹馬的雙頰，卻染上夏樹至今未曾目睹過的一片緋紅。

（我還以為優鐵定對戀愛這種事沒興趣呢……）

默默吞下去的這句話，即使到了放學過後，仍在夏樹的心中縈繞不去。

因為優向來只熱中於電玩、漫畫或社團活動。至今他們也從沒聊過戀愛方面的話題。

practice 1
～練習1～

現在，她明白那只是自己擅自套用的刻板印象罷了。

雖然這次優拒絕了，但下次，誰說得準呢？

這麼想的瞬間，夏樹終於做出「已經無處可逃」的覺悟。

（……今天一定要跟他告白才行！）

深呼吸一口氣之後，夏樹抬頭望向優的背影。

距離放學還有三十分鐘。在這不上不下的時間，只有兩人待在校舍入口的鞋箱處。

夏樹拜託和優同樣隸屬於電影研究社、同時也是兩人青梅竹馬的芹澤春輝協助，設法讓優今天一個人回家。說得更正確一點，應該是春輝丟下「這樣真的讓人很煩躁耶！」這句話之後，半強迫地讓兩人陷入了獨處的狀態。

（……糟糕，心臟好像快從嘴巴迸出來了……）

夏樹緊緊揪住制服上衣，發現自己的心跳快得驚人。

同時套上裙子和運動褲的雙腿，此時也不停發抖。

（怎麼辦……還是明天再告白好了？）

那個膽小的自己悄悄探出頭來。

勉強支撐著夏樹站穩腳步的，是記憶中青梅竹馬羞紅了雙頰的模樣。

她很明白「時間點」是戀愛的重要因素之一。因為猶豫不決而錯過彼此的橋段，夏樹已經在喜愛的少女漫畫中看過無數次了。

一秒的勇氣。

或是一輩子的後悔。

（——榎本夏樹，現在要開始執行作戰了！）

「優！你現在方便嗎？」

夏樹沐浴在從窗外灑落的落日餘暉下，像是豁出去似地開口。

那個高挑的身影轉了過來。優帶著一臉不解的表情望向她。

「妳幹嘛突然這麼正經……」

practice 1
～練習1～

為了不讓聲音顫抖，夏樹將力氣集中於腹部，然後緊緊握拳。

「對不起，這麼突然。」

她感覺到優也因為這股不尋常的氣氛而開始緊張。

夏樹直直凝視著不禁屏息的青梅竹馬，對他說出放在心底好幾年的那句話。

「我從很久以前開始，就一直喜歡你。」

我說了。我終於說出口了。

不用看鏡子，夏樹也知道自己雙頰發燙。

她忍不住移開視線。結果，這下變成心跳聲格外清晰地在耳畔迴響。這個比剛才更加劇烈的聲響，甚至讓夏樹懷疑是否連優都聽得到。

她戰戰兢兢地抬起頭，發現優一臉茫然地杵在原地。

兩人的視線瞬間對上。

彷彿還沒回神過來的優，隨著呼吸喃喃吐露出一句：

「……咦？」

雖然只是短短一句話，而且還是問句，但已經足夠了。

（優……他……他在害羞……？）

是自己多心了嗎？他的雙頰看起來比被學妹告白的時候還要紅。

面對優出人意表的反應，夏樹頓時也說不出隻字片語。

（我……我得……我得說點什麼……）

夏樹的視線不斷游移。儘管她死命思考，浮現在腦海中的卻是不帶意義的單字。

「開……開……」

「開？」

滿臉通紅的優不解地歪過頭。

儘管身高逼近一百八十公分，但這種可愛的動作卻意外適合他。

（好想摸摸他的頭喔……）

這個莫名湧現的想法，同時讓夏樹本人吃了一驚。雖然她也有自覺，但看來，現在的自己相當反常。再這樣下去，她絕對會做出什麼多餘的發言。

在醜態畢露之前，夏樹決定強行扯開話題。

「開玩笑的啦～！哪可能有這種事啊～你嚇到了嗎？」

我搞砸了。

夏樹一瞬間這麼認為。

（呃，不，應該說這麼做也是戰略之一……）

意識到從腦中一閃而過的詞彙之後，夏樹不禁恍然大悟。

沒錯，戀愛也是一種戰爭。

所以，這並不是當著敵人的面前逃跑，而是為了下個作戰暫時去避避風頭罷了。

更進一步地說，這次的告白預演，算是一種突襲作戰。

優先是目瞪口呆，隨後像是企圖理解夏樹的發言，在原地愣愣地眨了眨眼。

片刻後，他粗魯地搔了搔那頭看起來很柔軟的髮絲，然後瞪著夏樹開口：

「夏樹……妳喔～」

聽到他摻雜了無奈和害羞的聲音，夏樹輕輕鬆了一口氣。

（太好了，看來他相信我是開玩笑的……對吧？）

她裝作沒聽到變得有些落寞的心跳聲，然後露出笑容。

「剛才那個是告白的預演啦。」

「啥？預演？」

「噯噯～我剛才可不可愛？你有心動嗎？」

夏樹趁勢從下方探頭望向優，結果被後者投以白眼。

這種時候若對方什麼都不說，反而更令人難受。夏樹連忙收起嘻皮笑臉的表情。

「不要用那種眼神看我嘛。對不起啦。」

「我會當真耶！」

「……咦？」

聽到優的回應，這次換夏樹啞口無言。

怦通，怦通。心臟狂跳到讓人胸口發疼的地步。

（他是在開玩笑嗎？還是……）

「騙妳的啦。這是反擊。」

優露出壞心眼的笑容。下一瞬間，他的手刀往夏樹的額頭一劈。

彷彿是在演搞笑短劇的一連串動作，讓夏樹不禁發出慘叫聲。

「呀！優，你也小力一點吧！」

然而，優完全無視她的抗議，只是面無表情地再次開口：

「所以，妳正式上場時的對象是誰？」

「正式上場？呃，你說告白嗎？」

「對啊。既然剛才的是預演，就代表妳的真命天子另有其人吧？」

看到優完全相信了自己情急之下編出來的謊言，夏樹突然感到無法呼吸。

她明白錯在於佯稱那是「告白預演」的自己。

儘管如此，說謊也好、開玩笑也罷，她仍不願聽到「妳的真命天子另有其人」。唯獨不希望優這麼說。

夏樹按捺著五味雜陳的思緒和真正的心意，再次緊緊握拳。

同時，面對等著自己答案的優，她擠出燦爛的笑容，朝他的側腹揮出一拳。

「這我怎麼可能告訴你啊～」

「好痛！」

夏樹配合彎下腰的青梅竹馬的視線高度壓低身，用一如往常的態度提出下次的約定。

「噯噯～你之後再繼續陪我練習吧～」

「……真沒辦法～那妳要請我吃拉麵喔。」

「咦咦～你很愛計較耶！」

「由我當練習對象，拉麵算是便宜妳了啦～」

「嗚哇，竟然說這種大話……」

像這樣的你一言我一句，最後都會在洋溢笑聲的狀態下結束。不是出自於任一方的規定，而是彷彿兩人之間共通的默契。

（可是……總覺得今天……）

除了一股悶悶的痛楚以外，心臟還彷彿被針扎似地哭泣著。

（喜歡上某個人還真辛苦呢。而想將真正的心意傳達給對方，又更辛苦了。）

這天，火紅的夕陽餘暉幾乎令人睜不開眼。

聽著放學的鐘聲，夏樹打了一個大大的呵欠。

（真糟糕……我在數學課睡得不省人事呢。）

昨晚早早上床就寢，但夏樹卻在半夜醒來好幾次。

甚至連早餐跟午餐都食不下嚥。

（簡直像個墜入情網的少女……呃，實際上也是這樣沒錯啦……）

儘管嘴上說那是「預演」，但自己確實在昨天告白了。

而且，對象還是長年來單戀至今的青梅竹馬。昨天的她緊張程度或許遠超過了想像。

（還能夠一如往常地交談，大概算是唯一的救贖了。）

夏樹不只跟優住得很近，就連在教室裡的座位也很近。說穿了，優就坐在她的前面。上課傳遞講義時，兩人勢必得面對面。感覺快被老師點到，但對方卻完全睡死的時候，這樣的距離也能讓他們若無其事地叫醒彼此。

（……這麼說來，總覺得優今天也一直在睡呢。）

今天的優罕見地頂著一頭睡翹的頭髮來。每當窗外吹來風，蜷曲而在風中搖曳的頭髮就格外引人注目。若告訴本人，他一定會莫名在意，所以夏樹絕不會說出口就是了。

「優～你要直接去社團嗎？」

無論是午休時間或是放學過後，優的座位四周總是有人群聚集。

就像現在，暱稱望太的望月蒼太，就像隻幼犬般興奮地跑過來。

優、春輝、蒼太和夏樹四人，有著名為「青梅竹馬」這種關係的孽緣。

practice 1
～練習1～

尤其是這其中的三個男生，在進入高中後，還一起成立了電影研究社，吵吵鬧鬧地過著和以前沒兩樣的生活。

「我得去教職員辦公室一趟，你跟春輝先過去吧。」

「是為了暑假時提出的那個申請嗎？那我們也一起過去。」

聽到優的回答，春輝露出一口白牙，笑得宛如盛夏的太陽般燦爛。

「也是。因為如此，出發吧～！」

蒼太也爽朗地表示同意，然後拉住優的手臂。

優像是被這兩人強行拖離似地步出了教室。

夏樹目送著他們的背影離開，不禁喃喃說了一句「真好」。

「男生的友情是不錯啦，但女生可不會輸給他們喲～」

肩膀傳來輕拍觸感的同時，一道柔軟又好聽的說話聲跟著傳來。

「小夏，我們也到社團教室去吧？」

接著，是道比較拘謹，卻又溫婉而柔和的催促聲。

「燈里、美櫻……」

夏樹轉頭，發現兩名好友正面帶微笑站在自己身後。

黑髮美少女是早坂燈里，有著一頭蓬鬆可愛髮型的則是合田美櫻。夏樹是上了高中後才認識這兩人，但因為三人同樣隸屬於美術社，馬上就變成意氣相投的好朋友。

夏樹認為，自己跟她們不單是個性合得來，還是能支撐彼此的存在。

（她們會這樣刻意過來找我，也是因為我從一早就發呆到現在吧……）

夏樹沒有開口向兩人道謝，而是取而代之地露出笑容。

「嗯！不知道繪里老師是不是已經到美術教室了？如果遲到就糟糕嘍～」

「畢竟老師幹勁十足地發表過『今年絕對要拿下冠軍喲！』的目標嘛。」

「好厲害～美櫻，妳學得好像喔～」

於是，三人匆忙地來到走廊上。

腳步之所以有些倉促，是因為在暑假結束後，她們即將面對一場大型比賽。

據說，櫻丘高中的美術社在成立之後，沒有一年不曾獲獎。

不過，社團活動卻跟斯巴達教育完全沾不上邊。

擔任社團顧問的松川老師，並不會傳授用來角逐獎項的技巧，而是秉持著「讓成果更接近自己想要創作的作品」這樣的思想，適時給予社員建議。夏樹認為，松川老師為大家打造了一個能夠單純享受創作過程的環境。

其中，身為社長的燈里和副社長的美櫻，更是不惜餘力地發揮了自身的才能。

美術社都是由每一屆的社長和副社長指名下一屆的人選，燈里和美櫻曾多次獲獎，所以被指名的時候，所有社員也一致贊同。

另一方面，也有很多社員其實對繪畫、陶藝、雕刻等創作不太有興趣。因為櫻丘高中沒有漫畫社，所以不少想畫插圖或漫畫的學生也會加入美術社。

這類的社員多半是在自家進行作業，因此大部分都是幽靈社員。

至於夏樹，出席率雖高，但就立場而言，恐怕無法歸類在任何一方。

她很喜歡畫漫畫，也很喜歡在巨大的畫布上盡情揮灑。

兩者是不同的創作活動。倘若被問到比較喜歡何者，夏樹大概答不上來。要比喻的話，應該就像把紅豆餡和鮮奶油放在天秤上的感覺吧。

（兩者都很喜歡，所以兩者都想同時進行。雖然我以前覺得這樣也不錯……）

老實說，最近，夏樹為自己在社團中的定位感到有點煩惱。

自己跟燈里、美櫻不同。到頭來，會不會只是個半吊子而已？

美術教室裡頭只有寥寥幾名高一和高二的學生。

看到黑板一角寫著「老師今天要出差。明天見」的匆忙筆跡，美櫻不禁有些失望。

「真可惜，老師不在……我原本想跟她商量一些事情呢。」

「畢竟妳的作品感覺漸入佳境了嘛。」

燈里探頭望向畫架上的畫布，語帶讚嘆地說道。

「我這次選了五十號（註：畫布尺寸）的畫布，還有得畫呢。燈里，那妳呢……」

美櫻停下準備顏料的動作，轉而望向燈里的手邊。跟昨天一樣，那裡只是靜靜躺著素描本、鉛筆和橡皮擦。

燈里聳了聳肩，發出「嘿嘿」的苦笑聲。

「我的靈感大神遲遲沒有降臨呢。」

「妳一旦靈感來了，創作進度就會突飛猛進，所以一定沒問題。」

（……如果我也有像她們那樣的才能就好了～）

夏樹以手托腮，茫然地從旁傾聽兩名好友的對話。

雖然她也打算參賽，但別說畫布了，就連素描本裡頭都是一片空白。

姑且不提腳踏實地努力型的美櫻，燈里雖然口頭上說自己在等待靈感降臨，但夏樹也知道，她的素描本裡頭，其實已經填滿了為數驚人的草稿。

就實際層面而言，還沒將任何創作意念具體化的人，其實只有夏樹。

「對了……小夏，妳昨天有好好跟瀨戶口同學告白了嗎？」

被燈里突如其來這麼一喚，夏樹的肩膀輕輕晃動了一下。

「啊。其實我也很在意呢。但又覺得這不好在教室問出口……」

美櫻停下原本忙著塗抹畫布的動作，語帶顧忌地加入了對話。

「跟喜歡的人同班雖然令人開心，但這點實在不太方便呢～」

聽到燈里直截了當地道出「喜歡的人」一詞，夏樹頓時害臊起來。

儘管感覺雙頰開始發燙，但一回想起昨天的經過，她不禁一口氣冷靜下來。

「唉～……妳們聽我娓娓道來喔～」

「無妨，說來聽聽吧。」

聽到夏樹有些誇張的語氣，燈里也刻意換了腔調予以回應。美櫻見狀不禁輕笑出聲，氣氛也隨之變得輕鬆。

不需嚴肅以對而鬆一口氣的夏樹，開始用開朗的語氣半開玩笑地報告事情始末。

雖然順利告白了，但和對方說是「告白預演」一事。

以及相信她的說法的優，答應之後也繼續陪她練習一事。

practice 1
～練習1～

聽完夏樹的報告後，美櫻和燈里默契十足地愣愣張口。

「……竟然說是告白預演……妳還真是豁出去了耶。」

美櫻眨了眨在稍短的瀏海之下那雙圓滾滾的眼睛。

夏樹回以含糊帶過的笑容，接著又說：

「結果我們就那麼回去，路上一起去車站附近吃了拉麵。真的很好吃呢～」

聽到「車站附近的拉麵」一詞，燈里做出了明顯的反應。

她從課桌後方探出身子，雙眼發光地問道：「難道是新開的那間？」

「那間還滿好吃的，真是太好了！」

「雖然是我請客啦……不對，這樣不行啊～！」

看到吐嘈自己，而後又雙手抱頭的夏樹，燈里露出認真的表情用力點了點頭。

「的確。如果每次都是妳請客，這樣會很不得了呢。」

「燈里，我覺得問題應該不在那裡……」

聽到美櫻可靠又冷靜的指摘，夏樹這才冷靜下來。

她清了清喉嚨，打算重新說明自己原本的用意。

「我會說是『告白預演』，是希望優意識到我是女孩子……可是跟他一起坐在吧台唏哩呼嚕地吃拉麵，根本和以前沒兩樣啊！我又會被他說『性別：夏樹』了啦～！」

夏樹隨即陷入坐也不是、站也不是的狀態，最後一句話甚至接近長嘯。

她從椅子上起身，還發出「唔喔喔喔」的低吼。燈里見狀，露出燦爛笑容表示：

「不要緊啦，小夏。妳只要不說話就很可愛喔。」

「這聽起來像是安慰，但其實根本不是～！」

「總之，妳先冷靜下來吧。來，把雙腳併攏。」

美櫻伸出白皙纖細的手指，輕輕讓夏樹呈現O型的雙腿靠攏。就算只是匆匆一撇，也能看出那是一雙連指尖都保養有加的玉手。

（這才是女孩子的手呢……）

不只是外表，美櫻連內在都是個十足的女孩。夏樹老是會忘記身上穿著裙子，做出一些可能會走光的動作。而建議這樣的夏樹在裙子底下套上運動褲的人也是美櫻。

「……是說，美櫻，那妳跟春輝怎麼樣？」

對夏樹而言，疑似在好友和青梅竹馬之間萌芽的情愫，也令她相當在意。

美櫻和春輝不同班，選修科目也沒有重疊。兩人會碰面的時間，頂多只有春輝在休息時間來找蒼太或優的時候才對。

（不過，現在他們幾乎每天都會一起回家呢。）

之前，夏樹曾若無其事地向春輝打探過這件事。

個性開朗活潑的他，那時罕見地眼神四處游移。最後他回以一個似是而非的答案：

「嗯……自然而然就那樣嘍。」

（我當下就直覺這事情並不單純呢……）

春輝很會照顧人，就像個可靠的大哥哥，但總是會跟女孩子保持一定的距離，基本上也只會跟男生混在一起。唯一的例外大概就只有青梅竹馬的夏樹而已。

雖然春輝表示自己跟美櫻很談得來，但夏樹認為理由一定不只是這樣。

被問到自己和春輝的關係之後，美櫻也隨即表現出坐立不安的反應。

「咦？我……我們……很普通呀。」

「普通是怎樣的感覺？」

看到夏樹馬上提出問題猛攻，美櫻的臉愈變愈紅。

「普通就是普通嘛！燈里，妳呢？」

美櫻以不自然的聲音硬是轉移了話題。

被無端捲入的燈里先是圓瞪雙眼「咦？」了一聲，隨即以開朗的語氣回應：

「現在，比起我的事，應該先替小夏擬定告白作戰才行呢。」

語畢，她用鉛筆在素描本上飛快寫了些什麼。

看到「告白作戰第二彈」幾個字，夏樹感覺鼻腔一陣酸楚。

「燈里，謝謝妳。我不會放棄……」

「小雪～！我們也來幫忙吧！」

「拔掉雜草就可以了嗎？」

足以掩蓋夏樹決心宣言的女孩尖叫聲，從敞開的窗戶傳進室內。

怎麼回事？三人面面相覷，一起到窗邊一探究竟。

「剛才的尖叫聲挺驚人的呢。難道是藝人？來出外景之類的？」

她們興致勃勃地朝窗外望去，發現花壇前方簇擁著一群人。

而被一群女孩子團團包圍在中央的人是——

「那是綾瀨同學吧？他真的變得超受歡迎耶～」

「剪了頭髮之後，他整個人的感覺都不一樣了嘛。」

面對同班同學綾瀨戀雪一百八十度的轉變，燈里和美櫻都坦率地表現出吃驚的反應。

在形象出現巨大轉變後受到眾人矚目，是很正常的事情。但因為戀雪個性比較內向，不太容易成為他人熱烈討論的話題。就算同班，也幾乎沒有聽到他開口說話的機會。因此，這或許可說是理所當然。

（雖然燈里也意外怕生，但她給人的感覺很親切，臉上又總是掛著笑容嘛～）

至於美櫻，除了春輝以外，她基本上很少跟男生說話。跟夏樹在一起時，她也會和優或蒼太聊天，但並不會主動搭話。

（戀雪同學明明是個好人呢……真是太浪費啦～！）

對於經常跟戀雪互相借漫畫的夏樹而言，這實在是個令人著急的狀況。

所以，聊到戀雪時，她總是會不禁熱血起來。

「剪掉過長的瀏海，再改戴隱形眼鏡的話，本人其實帥氣不已——像這樣的設定，最近就連少女漫畫都很少出現了耶。戀雪同學真是太厲害了～」

「小夏，讓妳感動的點是這裡啊？」

美櫻苦笑著說道。燈里以一句「對了」接著開口說：

「你們好像經常互相借漫畫對吧？而且座位也滿近的，還滿常聊天吧？」

儘管看起來時常在發呆，但燈里其實觀察入微。

夏樹一邊暗自佩服，一邊替突然備受關注的同班同學道出煩惱。

「戀雪同學他啊，不但很溫柔，同時人也很好呢。所以，就連社團活動都是因別人要求才參加。那似乎真的讓他很困擾，但又不知該怎麼拒絕才不會傷害到對方。」

「……這是個很困難的問題呢。」

美櫻過了片刻後才這麼回應。看來是設身處地為戀雪思考了一下。

而想不到更恰當的解決對策的夏樹，也只能皺眉表達同意。

「話說回來，他怎麼會突然想剪頭髮呀？是想在高中生活的最後一個暑假之前，來個形象大轉變嗎？」

聽到單純的燈里過於直線思考的發言，就連夏樹也只能以「哈哈哈」的笑聲回應。

只有美櫻似乎發現了令人在意之處，獨自喃喃道：

「……真的只是因為那樣嗎……」

♥ ♥ ♥ ♥ ♥

優將視線從寫滿了問題和目標的白板上移開，轉而仰望天花板。

今天的討論議題，是當成畢業作品提交的電影的內容。

讓女主角決定向男主角告白的理由為何？

更深入追究的話，為何她會喜歡上他？

這些用紅筆圈起來的文字，雖然都只是電影情節的敘述，卻狠狠地刺入優的內心。

自昨天開始，夏樹的「告白」一直盤踞在他的腦中。

（竟然說那是預演……而且，為什麼偏偏找上我啊？）

既然說是「預演」，就表示將來會有「正式上場」的一天。

而身為練習對象的優，打從一開始就不在她的真命天子候選人之中。

優擺出了沉思的姿勢，然後以眼角餘光偷瞄在座的其他成員。

（除了我以外，跟夏樹走得比較近的男孩子，就是這兩個傢伙了……）

芹澤春輝、望月蒼太及目前不在場的唯一女性成員榎本夏樹。在意識到彼此的性別之前，四人就玩在一塊兒了。這層「青梅竹馬」的關係，以後想必也會繼續伴隨著他們。

優並沒有對此感到不滿。就算升上高中，也沒必要連忙跟夏樹拉開距離。事到如今，如果突然改以客客氣氣的態度跟她相處，只會讓人渾身起雞皮疙瘩而已。

然而，這種根深蒂固的「熟人」的關係，同時卻也是一把雙面刃。

直到目前為止，半是開玩笑、半是為了掩飾害羞，優常以「性別：夏樹」調侃她。

而現在，這些所作所為全都回報到自己身上來。待在彼此身旁變成過於理所當然的事，因此對夏樹來說，自己的定位不知是否也成為了「性別：優」。

被選為告白預演的對象，代表夏樹起碼有將優視為一個男人，但這或許也意味著，她並不打算將他列入戀人候補的名單裡。

（想從「青梅竹馬」的關係畢業，原來這麼困難嗎……）

想到這裡，優不自覺地嘆了口氣。坐在一旁的蒼太敏銳地察覺到。

「優，你真的很認真耶。應該不用想得那麼嚴肅吧？」

這句話彷彿直指自己正在思考的夏樹的告白一事，讓優不禁嚇出冷汗。

不過，當白板映入視野的一角，優這才明白蒼太指的是電影的問題。他一邊祈禱蒼太不要發現自己內心的動搖，一邊緩緩開口：

「……呃，可是，女主角的內心世界也很重要吧？得慎重思考才行。」

「是這樣沒錯啦，但你基本上不都只看娛樂性質的作品嗎？」

蒼太所言也有一番道理。

說到優喜歡的電影，多半都是好萊塢強檔或喜劇片，戀愛片總讓他有些提不起勁。

相較之下，蒼太則是什麼類型都會看，尤以戀愛電影來者不拒。如果有喜歡的作品，他甚至會把腳本和ＤＶＤ一併買回家收藏。

春輝則和這兩人又不一樣。他喜歡欣賞獨立電影這種非大眾走向的作品。而他實際踏入電影院的次數，也是三人之中最多的。

和社團顧問報告「我們三個人要合力拍一部電影」的時候，「真的沒問題嗎？」是他們得到的第一反應。顧問的語氣相當嚴肅，讓他們忍不住當場笑了出來。不過，三人也不是不明白對方的心情。

實際上，單是決定主題便已困難重重。

最後，會決定拍戀愛片，也是出自春輝關鍵性的一句話：

「畢竟從沒拍過，就試一次看看吧。」

優原本反對蒼太的提案，但既然春輝都那麼說了，他也不好再提出異議。

因為，他就是憧憬春輝的才能，才決定加入電影研究社。

Practice 1
～練習1～

起因是兩年前，亦即眾人都還是高一生的秋天。

春輝偷偷在網路上公開的小短片，在暑假時慢慢成為學生之間的討論話題。最後，聽到傳聞的評論家也開始注意這部作品。被各大部落格和雜誌當作報導題材，讓更多人接觸到這支小短片。

（我記得那傢伙一開始說過「拍電影是我的興趣之一」呢。）

或許那只是春輝用來掩飾害臊的說詞吧。看過小短片之後，為了遊說春輝繼續拍攝下一部作品，優和蒼太可說是卯足了全力。他們完全迷上春輝拍的電影了。

因一時興起成立的電影同好會，在隔年陸續有學弟妹加入之後，便晉升為正式社團。隨後，春輝的作品多次獲獎，於是學校也答應撥一筆不少的社團預算。

在理想的環境整頓完畢後，春輝更致力於拍攝電影了。

（他也很受女孩子歡迎，說不定連夏樹都……）

他悄悄望向坐在正對面的春輝。

不同於以往氣定神閒的王者風範，春輝從剛才便一直沉默不語。他維持著雙手環胸的姿勢，散發出某種一觸即發的緊張氛圍。

儘管他應該也聽到了蒼太和優的對話，仍沒有半點反應。

（好驚人的集中力……他腦袋裡不知是什麼樣子呢。）

或許是察覺到優的視線，春輝突然望向他。

（不對，他不是在看我……）

他望向白板的某一處，嘴上還唸唸有詞。

下一瞬間，春輝猛然站起。身下的座椅也因此翻倒而發出巨響。

「我懂了！我們欠缺的東西就是一幅畫啊！」

聽到春輝欣喜若狂的發言，優和蒼太不禁一頭霧水。

「欠缺的東西？要用在哪裡啊？」

「畫？什麼的畫？」

春輝有個毛病，就是在腦中靈光乍現時，他只會說出結果。所以，周遭的人經常為了他的發言摸不著頭緒。就連習慣這種相處模式的優和蒼太，也很難摸清春輝的思考回路。

春輝沒有回應兩人的提問，只是有些焦躁地咋舌。

「我怎麼一直都沒想到呢？都有這麼多要素了，哪來其他答案啊。」

他扶著額頭嘆氣，似乎是為這樣的自己感到相當不滿。

儘管一連串的動作看起來很有戲，但優和蒼太都明白那並非出自刻意，而是春輝自然而然表現出來的言行舉止。他就是這樣全心全意集中在拍攝電影上。

（他真的是個很厲害的傢伙呢……）

為了不讓靈感消逝，優動了動被春輝的氣勢壓倒的身體，開始抄寫筆記。

「要讓女主角畫一幅畫嗎？那就得把她的設定從戲劇社改成美術社嘍？」

「嗯。因為那傢伙只有在面對畫布時，才會變得坦率嘛。」

春輝彷彿是在描述現實生活中熟人般的語氣，讓優手中的原子筆停下了動作。看來，女主角似乎已經開始在他的大腦中開口說話了。

而蒼太也像是受到春輝提案的啟發，語帶興奮地跟著發表意見：

「這樣的話，在第一幕就要讓畫布亮相嘍？原本一片空白的畫布，伴隨女主角度過各種時光後，慢慢增添鮮明的色彩……」

「沒錯沒錯！比起說一堆不得要領的台詞，視覺效果給人的印象會更強烈嘛。這樣一來，觀眾也更能感受到電影想要表達的東西。」

（在討論這種話題時，望太也會突然變得活力十足呢。）

優一邊拚命統整兩人的對話內容，一邊在內心暗自佩服。

過去，他一度覺得這兩人是在「展示自己的才能」，並因此感到焦躁。

然而，在徹底明白自己沒有像他們那樣的熱情和才能之後，這種灰暗的想法也逐漸消散。雖然並非完全消失，但優至少已經掌握到和這兩人相處的要訣。

現在，不必像當年一起在祕密基地玩耍時那樣，什麼都要跟對方分個高下。

只要坦率地承認「自己很羨慕」就好。

即使只是搞錯，但如果湧現出嫉妒的想法，那一切真的就會結束了。

「——這樣的構想是不錯，但重點在於怎麼準備那幅畫。」

回過神來時，春輝跟蒼太宛如滾滾江水般湧出的靈感也差不多告一段落了。

（沒能記下來的部分，等整理筆記時再讓他們補充吧。）

優思考著之後的作業流程，以及該怎麼弄到電影需要的那幅畫。

在電影研究社的成員之中，有個負責製作小道具、擁有一雙巧手的學弟。不過，既然春輝和蒼太沒提及他的名字，就代表他們可能認為那個學弟做的東西形象不符。

（他們八成想追求「我在戀愛！我是少女！」的那種感覺吧……）

思考至此，夏樹的臉龐突然在優的腦海中浮現。

雖然昨天的告白只是練習，但這麼做的她，十足是個「戀愛中的少女」。

甚至有種完全變了個人的感覺。

「……也可以拜託夏樹，或是美術社的人吧？」

聽到優的喃喃自語，春輝和蒼太像是觸電般抬起頭來。

接著同時大喊：「就是這個！」

「不愧是優。交遊廣闊的人，思考的出發點就是不一樣呢。」

「我說的人脈你也有啊。對方是夏樹耶。」

「噢，我不是那個意思……呃，應該說我的表達有問題？我想說的是，個性圓融、人脈又很廣的人，在有需要時，腦中總是能馬上浮現最適任的人選呢。」

大概能理解春輝想表達的意思，但要坦率地接受，還是讓優覺得有些難為情。

在他不知該做何反應時，一旁的蒼太輕笑著幫忙說明：

「意思就是你很懂得適時依賴周遭的人吧？」

「不不不！這樣講的話，好像優動不動就跟人討救兵一樣耶。」

「我覺得『依賴周遭的人』，同時也像是一種『大家可以依賴我』的表態行為喔。如果對方是個凡事都打算自己完成的人，恐怕很難開口找他幫忙吧？」

聽到這句更直截了當的分析，優不禁低下頭來。

於是，春輝跟蒼太達成了「這就是優的特色呢」的共識，並滿足地點點頭。

（拜……拜託你們饒了我吧……）

得趕快換個話題。不然自己大概會因過度羞恥而暴斃。

腦中尚未擬定計畫的狀態下，正當優要衝動開口的瞬間，社團入口處傳來敲門聲。

（得……得救了！）

優為了開門而起身，但隨後又因為想到什麼而停住動作。

蒼太也看了看手錶，像是明白來者何人似地「噢」了一聲。

「看樣子是來接你的喔。」

面對蒼太意有所指的笑容，春輝露出不滿的表情。

（唉……望太也真是學不乖吶。）

優聳了聳肩，而那像是信號般，下一刻，春輝用手指朝蒼太的額頭用力一彈。

「好痛！」

「我會在回家路上跟她提這件事。」

語畢，春輝華麗地忽略蒼太，揹起書包走向門邊。

喀喀，喀吭！

在發出一如往昔的噪音後，有點卡卡的大門隨之開啟。

優望向門外，合田美櫻宛如忠犬八公般在那裡等著。

「……路上小心啊。」

優對背影看起來有些喜孜孜的春輝這麼說道，後者舉起手揮了幾下。

再次發出噪音後，社團的大門關上了。蒼太無力地趴倒在桌上。

「他絕對不會讓合田去開那扇門耶。」

聽到蒼太帶點敬意的喃喃低語，察覺到同一件事的優也點點頭。

「雖然還不到女孩子打不開的程度，但那扇門畢竟很重啊。」

「春輝在這種地方很有男子氣概吶～」

「……他們倆是不是在交往啊？」

「不知道～」

蒼太緊貼著桌面，有些敷衍地回答。

（真罕見。他應該對戀愛相關的話題很感興趣才對啊……）

就在優打算若無其事地詢問理由時，蒼太率先開了口：

「優～……你知道什麼是能夠長久維持，同時又獨一無二的愛嗎？」

「愛……愛？」

聽到這個完全出乎意料的提問，優不禁傻眼。

打從一開始，蒼太或許就不是為了尋求答案而提問。他自行道出了問題的正確答案。

「答案就是『單戀』。」

單戀。

喃喃重複一次之後，心臟彷彿被人揪住般隱隱作痛。

這股痛楚，讓優意識到自身對夏樹的感情。

（……的確，倘若是單戀的話，就能維持很久了。）

就算告白，也未必能和對方兩情相悅。

即使幸運地成為戀人，這段關係能夠維持多久，仍是個未知數。

（之前好像在某本書上看過……戀人的「保存期限」是三個月，夫妻則是三年。）

據說，戀愛時腦內所分泌的某種物質，效果似乎只能維持這麼長的時間。儘管存在個體差異，但那讓優覺得意外有說服力，也是不爭的事實。

如果是單戀的話，就全憑自己的內心了。

不但可以盡情戀慕自己喜歡的對象，也可以依自身判斷逕自劃下句點。

（儘管令人有些落寞，但那或許也是答案之一……）

蒼太一定也抱持著同樣的想法吧。

雖然優不曾過問是從何時開始的，但蒼太現在似乎正在單戀中。

蒼太的單戀對象早坂燈里，同時也是夏樹和美櫻的好友。

所以，雖不乏搭話的機會，但不知為何，在早坂的面前，蒼太總是會變成啞巴。

據本人表示，原因似乎是「燈里美眉，太可愛了……我會緊張……沒辦法……」。

儘管蒼太的態度明顯到讓春輝跟優都不禁露出苦笑，但因為當事人早坂有著單純的性格，所以似乎完全沒察覺到。

（早坂也是個不可思議的女孩子呢……）

以多次獲獎的經歷聞名的美術社社長——或許多少有受到這個頭銜的影響吧，周圍對早坂的評價多半是「雖然有點捉摸不清，但似乎很厲害」。不知是否因為才能過於優秀而無法徹底發揮，她有時會採取令人難以置信的大膽行動。這點倒是和春輝十分相似。

男生陣營給予早坂的定位，基本上是「不開口的話就是個美少女」，但私底下想要追求她的人似乎也不在少數，而且據說各個學年都有。

但根據夏樹的轉述，她本人則是秉持著「比起戀愛，我選擇友情跟美術！」的態度。

「……你跟早坂發生什麼事了嗎？」

優釋出願意傾聽蒼太大吐苦水的善意，但這句話反而更將後者推入萬丈深淵。

在額頭重重撞上桌面後，蒼太發出氣若游絲的回應：

「就是啊……要是有發生什麼就好了呢……」

「啊～嗯。我懂了，我真的懂了，所以你別再說了。」

優拍了拍蒼太的肩膀，然後為了收拾東西回家而起身。

他望向敞開的窗戶，外頭傳來熱鬧的人聲。

practice 1
～練習1～

「嗚～哇～綾瀨那傢伙不要緊吧……」

「什麼？阿雪怎麼了？」

蒼太搖搖晃晃地起身，然後湊近窗邊。

優讓出一個位置，說了一聲「那邊」，並伸手指向外頭。

蒼太原本無法對焦的雙眼，瞬間因下方的光景而瞪大。

「哎呀呀～他被一群女孩子團團圍住了耶……這樣八成沒辦法繼續社團活動嘍。」

「嗯？那傢伙不是回家社的嗎？」

「他最近才加入社團的。聽說是園藝社。」

「哦……不愧是全國模擬考排行前幾名的人，果然游刃有餘嗎？」

話剛說完，優就驚覺自己的失態。

不僅語氣聽起來很酸，連用字遣詞都像在刻意找碴。

他有些不安地朝蒼太偷瞄一眼，結果很不幸地和後者對上了視線。

「你會這樣說別人很罕見耶。因為他跟夏樹處得很不錯，所以你在意了？」

「才不是那樣！」

反射性地否認之後，優再次湧現想要抱頭慘叫的衝動。

看到友人極其明顯的反應，蒼太也只能苦笑以對。

優沒跟綾瀨戀雪說過什麼話，但他知道戀雪跟夏樹有漫畫這個共通興趣。

而受到妹妹雛和夏樹的影響，優涉獵的漫畫範圍也很廣泛。不過，要是想暢談各出版社或雜誌的特徵這類深入的內容，他就只能舉白旗投降了。因為經常無法加入話題，所以戀雪和夏樹聊天時，他都會極力和這兩人保持距離。

（雖然他本人不是什麼討厭的傢伙，但總覺得心裡頭怪怪的……）

優朝窗外投以細細觀察的視線，一旁的蒼太則像是看到耀眼事物似地瞇起雙眼。

「不管理由是什麼，能像那樣改變自己，實在很厲害呢。」

蒼太一邊這麼說，一邊倚著窗框托腮。

他的視線焦點仍落在戀雪身上，但實際上應該是在思考其他事情吧。

「我覺得你維持現在這樣就很好了，望太。」

拋下這句話之後，優返回桌子拿書包。

蒼太愣了半晌，隨即開口大聲要求：「優，你再說一次剛剛那句話！」

「你是聽到幻聽了嗎？麻煩把窗戶和窗簾關好喔～」

「真是的，優，你真的很容易害臊耶！」

「……你忘記社團教室的鑰匙握在我這個社長手裡了嗎？」

「哇～我現在馬上關！所以別把我鎖在這裡啊啊啊～」

我還真是幹了蠢事呢——優不禁在內心這麼苦笑。

不過，這樣的相處模式讓他感到舒適自在，的確也是事實。

諸如才能或戀愛，跟這種無法隨心所欲操控的東西對峙，實在超乎想像的累人。

（儘管如此，還是無法乾脆俐落地放棄，所以才傷腦筋啊……）

Yu Setoguchi
瀨戶口 優
生日／7月11日
巨蟹座
血型／AB型
夏樹的青梅竹馬，
隸屬於電影研究社。
個性溫柔敦厚，
在各班級都很受歡迎。
有一個妹妹。

practice
~練習2~
2

Practice 2 ～練習2～

告白預演的兩天後，夏樹在自己的房裡死瞪著月曆瞧。

（怎麼辦……果然不管看幾次，今天都是星期六……）

她也明白自己很矛盾。就是因為知道今天是星期六，昨晚才會一直畫漫畫到接近天亮，就算睡到中午過後才起床，也不會因此手忙腳亂。

然而，像這樣再次被迫面對現實，讓她不得不意識到一件事。

雖然嘴上說那是練習，但今天，是夏樹在告白之後經歷的第一個週末。

她掀開遮光窗簾，望向位於對面二樓的優的房間。

因為住在隔壁，兩人的母親交情又好，所以優和夏樹自幼便經常往返於彼此的家中。這樣的狀況在升上高中後仍沒有改變。每到週末，他們倆幾乎已經習於到其中一方的家中度過假日時光。夏樹用的是「拜託優教自己念書」的名義。

（畢竟我說不出「因為很想你，就過來見你啦」這種話嘛……）

夏樹嘆了一口氣，拾起被自己推到書桌角落的數學習作。

「沒辦法，還是出發吧。」

鼓起幹勁前往拜訪，但不湊巧的是，優剛好外出了。

面對心中彷彿鬆了一口氣，又彷彿有些失落的反應，夏樹不禁苦笑。

「這樣啊……那我今天就先回去好了。」

「咦咦～？他應該馬上就會回來了，我們一邊打電動一邊等嘛！」

不滿地出聲慰留她的人，是優的妹妹雛。

雖然雛跟夏樹的弟弟同樣是高一生，但「妹妹」實在是一種非常可愛的存在。看到雛宛如幼貓般黏著自己，夏樹原本落寞的心情也拋諸九霄雲外。

「好啊。要練等級嗎？還是要對戰？」

「都要！」

雛天真爛漫的笑容，讓夏樹緊張了一下。

每當那雙眼角略微下垂的眸子露出開心的笑容時，總讓人不禁聯想到優的面容。

（畢竟他們是兄妹，長得像也不奇怪啦……）

不只是外表的特徵，兩人還有一個共通點。

「小夏，妳跟我哥發生了什麼事對吧。」

雛像是走在自己的地盤般若無其事踏入優的房間，然後突然轉頭這麼問道。

跟在她後頭的夏樹，被這記出其不意的攻擊劈個正著。

（如果我沒聽錯，這句話似乎不是問句耶？）

面對以胸有成竹的眼神望向自己的雛，夏樹只能尷尬地低下頭。

「看妳的反應，八成被我猜中嘍？」

「呃，不，這個……」

看到夏樹支支吾吾的反應，雛回以大人般的成熟表情。

「哦～？妳不想說的話也沒關係啦。」

雛十分乾脆地停止追問，小小的身影再次轉過去背對夏樹。

如同雛的宣言，她之後沒再開口。

她沉默安裝遊戲機的身影，讓夏樹陷入了坐立不安的狀態。

（小雛是因為擔心我，才會這麼問吧……）

她也有可能是從優口中聽說了什麼。

不對。依照這個青梅竹馬的個性來判斷，他應該不會把告白預演的事洩漏出去。儘管如此，優的態度或許也不太對勁，才會讓雛說出「妳跟我哥發生了什麼事對吧」。

「……那個……我……小雛……」

「如果是小夏的話，就可以喲。」

「嗯？」

夏樹一瞬間沒能掌握這短短一句話的意思。

聽到夏樹的疑問，手持遙控器的雛回過頭來。

「如果是小夏，我願意把哥哥讓給妳。」

雛認真的眼神散發出前所未見的光芒。

看起來完全不像在開玩笑。

受到影響的夏樹也不禁挺直背脊，慎重地再次提問：

「妳說讓給我……這是什麼意思呢……？」

「雖然總是馬上自暴自棄，又有些優柔寡斷，但他個性溫柔，外表也算是中上水準。身為我哥，他意外是個買到賺到的超值商品呢！」

「咦……」

終於明白雛這番話用意為何的夏樹，臉色不禁蒼白起來。

（雛會刻意這麼說，就代表我的心意已經被她看穿了？）

不需重新回想，夏樹也很確定她不曾對雛坦白過自己喜歡優一事。

她跟雛的感情宛如親姊妹一般要好，但要說出「我喜歡小雛的哥哥呢」這種話，還是會讓人再三猶豫。

practice 2
～練習2～

看到杵在原地的夏樹，雛再次丟出爆炸性的提問。

「還是說，戀雪學長才是妳的菜呢？」

「我……我的菜……？」

從前後對話來推敲，這大概是「喜歡類型」的意思吧。

面對完全出乎意料的對話發展，夏樹只能模仿金魚，無聲地讓嘴巴一開一闔。

「現在，戀雪學長在高一生之間也蔚為話題呢，說是他突然變得帥氣無比之類的。看他這樣，應該是下定決心要對誰展開攻勢了吧？」

「攻……攻勢？」

「討厭啦，就是告白呀。」

雛這麼回答，苦笑著聳聳肩。

再次看到如此成熟的應對，不禁讓夏樹轉而佩服起來。

「……戀雪學長明明從以前開始，就是個帥氣又溫柔的人啊。」

雛的低語不經意地傳入夏樹的耳中。

那是個細微到會讓人以為自己聽錯的聲音。

正當夏樹猶豫著要不要開口詢問時，雛率先開口呼喚她。

「小夏，妳現在一定在思考為什麼喜歡我哥的事情會穿幫吧？」

「咦咦！小雛，妳會讀心術嗎？」

聽到夏樹不禁開口大喊，雛「噗哈」一聲噴笑出來。她手中的遙控器跟著掉到地上，她本人也笑到跌坐在地。

「小……小夏，妳太棒了～」

「小雛～妳不要只顧著笑，快回答我啦～」

或許是覺得夏樹欲哭無淚哀求的樣子很可憐，雛搖搖晃晃地起身。

她抹去眼角因大笑而逸出的淚水，然後抖出衝擊性的內幕。

「因為妳很率直，所以一看就知道了呀。」

「是……是喔？那麼，難不成……優也……」

「我想應該不要緊。我哥對於別人寄予他的好感，遲鈍得很呢。」

語氣聽來若無其事，但雛的指摘相當一針見血。

被她這麼一說，夏樹的腦中陸續浮現許多蛛絲馬跡。

優有著以他人為優先的習慣，而且對本人而言，那似乎是再自然不過的事。

或許，不管在家中或是外頭，他都會不自覺地變成「哥哥」吧。乍看之下，像個孩子王的春輝雖然更給人大哥哥的感覺，但在社團裡，主導指揮的人其實反而是優。

優能敏銳察覺周遭的氣氛，但如同雛的指摘，對朝向自身的好感他有時卻很遲鈍。

（可能因為我也是「姊姊」，所以才覺得不能丟下他不管？）

在陷入沉思的同時，夏樹感覺到某個盯著自己的視線。

她偷瞄一眼，結果跟在一旁屏息觀察自己的雛四目相交。雛雖然毫不避諱地說了一堆，但八成還是很在意夏樹的反應吧。

「……小雛，妳的發言都好成熟喔。」

「對吧～？人家已經是高中生了嘛！」

雛得意地挺胸。看到她如此可愛的舉動，夏樹不禁緊緊將雛擁入懷裡。

「真是的！雛，妳好可愛喔～！」

「小夏，妳弄得我好癢啊～」

房裡充斥著兩人的嬉鬧聲。這時突然有人在沒敲門的情況下猛地打開房門。

能做出這種行為的只有一個人。

「妳們在別人的房間裡幹嘛啊……」

身為房間主人的優一臉無奈地佇立在門口。

「哥哥！歡迎回來～」

夏樹也模仿雛懶洋洋地揮了揮手。

「歡迎回來～是說，你出去好久喔！上哪兒去啦？」

「上哪兒都無所謂吧～」

優輕巧地避開坐在地上的兩人，來到房間深處的書桌前。

practice 2
～練習2～

他手上拎著距離這裡一個車站遠的大型書店的袋子。裡頭的東西看起來比雜誌小本，再加上有點厚度，或許是又買了新的參考書吧。

（聽伯母說，優好像也要參加暑期輔導嘛。）

之前，夏樹才高一的弟弟自信滿滿地表示要參加集訓。隔天，兩位母親在自家客廳相談甚歡時，剛好被夏樹聽到了。雖然在夏樹面前不知為何不常看到優誠懇向學的樣子，但他似乎也有認真在準備大學入學考。

「難得的假日，就這樣泡在我們家沒關係嗎？」

把錢包和紙袋擱在桌上後，優帶著調侃的口氣問道。

聽到青梅竹馬事到如今才拋出這種疑問，夏樹不禁「嗯嗯？」地歪過頭。

「因為你是特別的啊。而且，以前不也都是這樣嗎？」

「……啊，是喔。」

儘管問出口的人是自己，但優還是有些害臊地欲言又止。

不知道是否多心了，他的臉頰甚至有些泛紅。也可能是因為剛從外頭回來的緣故吧。擔心出口指摘這點會弄巧成拙，所以夏樹只是笑笑帶過。

「那麼，妳今天是來幹嘛的？」

優轉身，雙手環胸站在原地問道。

「想來找你教我念書呢。」

看到夏樹露出厚臉皮的笑容回答，優和雛驚訝地異口同聲表示：

「原來不是為了打電動啊。」

「妳不是來打電動的嗎？」

「你們兄妹感情真好耶！不是啦！」

這樣講的話，好像我都是為了打電動而來一樣！

抗議的台詞已湧上喉頭，但這兩人可能只會回以肯定答覆，使她有些不安。

仔細想想，每次來優的房間時，比起握筆的時間，握著搖桿的時間好像就占去了一半。

（既然如此，只好掏出那個了……！）

夏樹亮出方才完全被她遺忘的數學講義，做為證物拿到優的面前。

practice 2
～練習2～

「你看這個！我只解了一題對吧？」

「妳得意什麼啦。真是的，把我當成難民收容所嗎……」

優苦笑著將手伸向折疊桌。儘管嘴上揶揄個不停，但看來他今天也願意指導夏樹。

在夏樹拿起念書要用的工具後，為了讓出一個空間，雛跟著起身。

「那電燈泡就先告辭嘍。」

看到雛帶點壞心眼的笑容，夏樹不禁嚇出一身冷汗。

（哇！用這種說法的話，就連優也會覺得不對勁吧……？）

她膽戰心驚地望向優，但後者卻露出令人意外的燦爛笑容。

「雛，妳也要一起用功嗎？」

「……哥，你這種個性，會讓自己辛苦一輩子喔。」

「啥？這是哪門子的預言啊？」

無法代替雛說明言下之意的夏樹，只能在一旁乾笑。

大約一小時過後，講義的題目只剩下最後一題了。

夏樹原本以為她會跟這份講義耗到傍晚，但多虧了擅長指導他人的優，即使是對數學完全沒輒的她，也彷彿被施了魔法般順利解開問題。

（畢竟平常念書的量就有差呢～優打算繼續升學嘛。）

計劃在高中畢業後進入專科學校就讀的夏樹，多少也還是會念點書，但基本上都是為了應付申請書而已。基於底下還有一個弟弟，她希望自己能透過推薦入學來減免一些學費。

而優也是基於相同的理由，將目標訂在國立大學。

因為他希望能將選擇公立或私立學校的權利留給雛。

（直到前一陣子，我們明明都不曾聊過或想過這方面的事情呢。）

practice 2
～練習2～

然而，無論願不願意，將來出路的話題仍會找上門來。

那個學妹會鼓起勇氣向優告白，或許也是因為「到了春天就見不到面了」這項事實，在背後推了她一把吧。能夠每天看到對方，是還身為高中生這段時期的權利。

「……對了，妳聽說星期一那件事了嗎？」

或許是發現夏樹的集中力開始下降，優緩緩開口問道。

夏樹看著連算式都還沒生出來的作答區，聳了聳肩，然後放下自動筆。

「你是指希望我們去電影研究社一趟的事嗎？我有收到美櫻的簡訊。她說你們為了新作品，想找人畫一幅畫當作電影道具？」

主動道出這件事之後，夏樹感覺心情一瞬間變得沉重。

她也很喜歡春輝拍的電影。之前，也數度答應幫忙製作小道具。

然而，他們這次所追求的東西，和以往都截然不同。

「……我也要去參加那場討論嗎？」

「怎麼了？妳有事？」

「不是那樣啦……你們想要的，是用來當成電影關鍵要素的一幅畫吧？這樣的話，我覺得美櫻跟燈里比較能勝任。」

儘管夏樹大力主張「這是為了作品」，但優似乎無法接受這樣的說詞。

「早坂跟合田的作品確實都很優秀，但畢竟我們不是專業人士，對於作畫技巧或是美術價值之類的，根本一竅不通啊。我們只是想要一幅能夠完全吻合女主角形象的畫作罷了。」

儘管語氣相當平靜，但優的這番話卻十分有魄力。

聽到他的主張，夏樹也不知該說什麼好，只能小小聲回以：「是喔……」

「而且，我很喜歡妳的畫喔。」

「……咦？」

「妳的人物畫都有著生動的表情，風景畫則彷彿會發光。我覺得這樣很棒啊。看了就會讓人湧現活力呢。」

「……就……就算你這樣拍馬屁，也得不到任何好處喔。」

「別害羞、別害羞。都認識多久了，我幹嘛拍妳馬屁啊～」

看到優一臉笑得從容的模樣，夏樹輕輕咬唇而低下頭。

要是不這麼做，她感覺自己幾乎就要哭出來了。

（優不但遲鈍，又很八面玲瓏。但對我就老是直言不諱……）

可是，能讓夏樹重拾自信的，一直都是優的話語。

他總是能看見連夏樹本人都沒發現的自身優點，而且還會確實將其化為言語來誇讚夏樹。

「妳不是有在畫漫畫嗎？別只讓雛看，也拿給我看看嘛。」

在夏樹還來不及開口道謝時，優就丟了一顆震撼彈過來。

她沒能率直答應，就這樣錯過了抬起頭來的時機。

（他能認同我的畫作雖然很開心，但漫畫實在就……）

如果想成為專業漫畫家，就必須盡量讓周遭的人審視自己的作品。

得到網友這樣的建議後，夏樹鼓起勇氣將自己的漫畫拿給雛、美櫻和燈里等人觀看。儘管有時會得到比較嚴格的意見，但她並未因此沮喪，總會努力將眾人的感想反應在作品之中。

不過，如果要拿給優看，情況就不同了。

畢竟夏樹畫的是少女漫畫，而且，作品裡頭的男主角，很明顯會讓人聯想到「某人」。就算本人不會察覺這一點，夏樹自己也無法承受這種狀況。

「……我考慮看看。」

勉強擠出回應後，優笑著以「還請您盡快這麼做嘍」帶過。

不愧是懂得察言觀色的男人，反應就是不一樣。

（他在這種地方明明很敏銳啊……）

夏樹眺望著露出「哥哥」笑容的優，心中突然湧現想要試探他的想法。

她在不讓優察覺到的情況下悄悄深呼吸，裝作若無其事地開口問道：

「噯，如果我交到男朋友……你會怎麼樣？」

practice 2
～練習2～

「這個問題還真突然耶。跟妳的漫畫有關嗎？」

「你說呢？」

看到夏樹露出刻意的笑容，優無奈地嘆了一口氣。

「什麼怎麼樣啊……身為練習對象，也只能聲援妳了吧？」

「……！」

自作自受。都是因為自己企圖試探他人所導致的結果。

儘管這麼想，夏樹仍因為這股衝擊而無法好好呼吸。

面對沒有任何反應的夏樹，優也只是默不作聲地開始閱讀參考書。

「如果是小夏，我願意把哥哥讓給妳。」

雛的那句話再次浮現於腦海之中。夏樹在內心暗自做出回應——

我恐怕沒辦法呢。

儘管如此，她還是無法放棄。夏樹對著已經移開視線的優再次開口：

「謝謝。有你的聲援，感覺很可靠呢。」

不知夏樹慢半拍的回應是否讓他愣住了，優停下了翻頁的動作。

「……加油啊。」

儘管雙眼仍看著參考書，但優的神情十分溫柔。

「嗯！」

夏樹裝作沒聽到心臟訴說著痛楚的聲音，這次活力十足地做出回應。

practice 2

～練習2～

Koyuki Ayase

綾瀨戀雪

生日／8月28日
處女座
血型／A型

夏樹的同班同學。
隸屬於園藝社，
最近因形象的驟變，
成為女生間的話題人物。

practice
~練習3~
3

Practice 3 ～練習3～

週末假期結束後的今天，同樣是個晴朗到令人咬牙切齒的炎熱夏日。
就算只是像這樣步行在走廊上，頸子也會滲出汗珠。
（要是教職員辦公室以外的地方也能裝冷氣就好了……）
光是回想剛才那個宛如天堂般涼爽的空間，就讓夏樹有種暈眩感。
小時候的自己明明耐熱又耐冷，現在卻毫無招架之力了呢。

「啊，是飛機雲。」
走在前方的燈里伸手指向天空，轉頭這麼說道。
「哇啊！好漂亮……」
聽到美櫻的讚嘆聲，夏樹也跟著瞇起雙眼仰望眩目的天空。
「因為今天的天空很藍，看起來很清晰呢。」

practice 3
～練習3～

「沒錯沒錯，好像用白色顏料劃過一條線耶。」

「……嗯。」

相較於美櫻和燈里興奮的語氣，夏樹的聲音聽來有些無精打采。

（糟糕，我又來了……）

感覺到兩位好友的視線從雲朵轉移到自己身上，夏樹連忙以開朗的聲音表示：

「時間差不多了。不快點的話，春輝可能會暴動呢！」

語畢，夏樹便小跑步前往美術教室。

聽到兩人的腳步聲跟上來，她悄悄鬆了一口氣。

從一早開始，自己便一直是這副德性。

優那句「我會聲援妳」動輒在腦海中浮現，讓夏樹的心情跌落谷底。

（我也明白只要別在意這句話就好，可是……）

一如人類無法憑自身意志操縱天候，想要控制自己的感情，同樣很困難。

（接下來要開討論會了，我得振作點。）

夏樹雙手拍了拍臉頰，帶著如臨大敵的表情打開位於美術教室隔壁的準備室大門。為了避免影響到其他社員的注意力，顧問的松川老師特別允諾他們使用這間教室。

（原本還以為老師會不高興呢，總覺得有點意外。）

過來這裡前，三人會繞去教職員辦公室，是為了向老師報告電影研究社的委託事項。基於美術社顧問的立場，松川老師或許應該規勸她們專注於準備比賽。儘管如此，老師仍鼓勵夏樹等人支援電影研究社。

（發表作品的機會愈多愈好……是嗎？）

雖說讓別人欣賞自己的作品是一件很開心的事，但在這種關頭，率先湧現的，總是更為強烈的緊張。不同於三不五時得獎的燈里或美櫻，對還不太有自信的夏樹而言，這可說是相當吃力的苦行。

不過，她還是決定來聽聽電影研究社成員的看法。這都是因為優那句「我很喜歡妳的畫喔」在腦內縈繞不去的緣故。

practice 3
～練習3～

優喜歡的不是夏樹，而是夏樹所描繪的畫作。

就算是這樣，夏樹仍由衷感到開心。

所以，即使知道自己應該不會被選上，她仍打算來參加這場討論會。

早已聚集在走廊上的優等人，正在把玩著小型電風扇。

「嗨。不好意思喔，占用妳們比賽前忙碌的寶貴時間。」

春輝說出聽起來很客套的發言，同時露出能窺見一口白齒的笑容。

聽到他一如往常的輕鬆發言，夏樹也笑著回應。

「既然你這麼想，至少也請我們喝果汁吧？」

「啊，說得也對喔。抱歉，我們太不貼心了……！」

不知為何，慌張回應的人不是春輝，而是蒼太。

春輝懶洋洋地揮手制止蒼太。

「望太，你人太好了吧～沒關係啦，夏樹的任性要求聽聽就好。」

「對啊，望太真的很溫柔耶～不過這種事交給春輝負責就行嘍。」

在夏樹不甘示弱地回嘴後，優輕咳了幾聲，然後淡淡說道：

「春輝、夏樹，你們也差不多一點啦。合田跟早坂都愣住了呢。」

聽到優這麼說，夏樹轉頭一看，發現來得比較遲的美櫻和燈里杵在原地。

在窺探加入對話的時機之前，她們倆似乎就已經被這種你來我往的氣勢給震懾住了。再加上夏樹跟春輝是青梅竹馬兼損友的關係，所以更讓人無法插話吧。

「對……對不起！讓妳們兩個站在這邊等。」

夏樹用鑰匙打開準備室，催促美櫻和燈里入內。

優跟在兩人後頭踏進教室後，春輝像是突然想起什麼似地「啊！」了一聲。

「在閒聊之後，我真的渴了呢。望太，我們走吧。」

「說……說得……也是！」

不知是否因為天氣太熱，蒼太點頭的動作有些僵硬，整張臉彷彿煮熟的章魚一般紅通通的。照這樣看來，如果不依春輝的提議補充一點水分，恐怕會撐不下去。

雖然優一副欲言又止的表情，但最後還是揮揮手目送兩人離開。

「總之，我先來簡單說明一下企畫內容好了。」

被留下來的優，露出親切的笑容開口說道。

隨後，夏樹發現美櫻和燈里似乎比較不緊張了，不禁跟著鬆一口氣。

（太好了，她們倆也恢復成平常的感覺了。）

或許一半是因為優與生俱來的性格，一半是因為夏樹將自己的心意告訴過她們的影響吧。

光是聽優說話，就讓人有股親切感。

（……如果美櫻說她喜歡春輝……我會很開心呢。）

儘管春輝有時令人很不爽，但他依舊是夏樹引以為傲的青梅竹馬之一。

倘若美櫻和春輝開始交往，一定會讓人有種比現在更振奮的感覺吧。

在優將概略內容說明完畢時，春輝和蒼太捧著六瓶寶特瓶回來了。

雖然夏樹剛才是在開玩笑，但看來他們真的有打算請喝飲料。懷著感恩的心接過寶特瓶，她向這部電影的導演春輝請教關鍵畫作所必須呈現的感覺。

「原本對戀愛一無所知的女主角，在和男主角相遇之後，畫作開始出現變化——這是我的劇情設定。我希望能透過這幅畫，將她纖細而平淡的心情變化傳達給觀眾。」

春輝毫不迷惘地這麼說，彷彿內心已經有了相當確切的形象。

被他的氣勢壓倒，夏樹不禁和兩名好友面面相覷。

透過自己的畫作，表達出想要追求的效果。

她完全能想像這是多麼困難的一件事。

至少，夏樹在作畫的時候，很少會以「希望看到這幅作品的人湧現這樣的情感」為出發點下筆。就算打算這麼做，要用一隻畫筆來達到效果，亦需要相當程度的能力。

美櫻和燈里也面有難色地沉思起來。

春輝輪流觀察三人的表情後，以宛如在詢問今天天氣如何的語氣開口：

「嗳，妳們覺得戀愛是什麼顏色？」

「呃？你說顏色……」

春輝突然拋來一個令人困惑又摸不著頭腦的問題。夏樹想確認這個提問真正的用意，但在瞥見春輝認真不已的視線後，原本想發出的聲音，就這樣消失在空氣之中。

「……粉紅色之類的？」

在夏樹說出臨時想到的答案之後，春輝用力點了點頭。

夏樹的回答彷彿在美櫻背後推了她一把，讓後者輕啟原本緊閉的雙唇。

「因為也會有苦澀或揪心的感覺，我應該也會用上黑色或藍色。」

春輝深感興趣地點點頭，然後望向最後的參與者燈里。

「早坂，那妳呢？」

「我覺得……應該是金色……吧。」

聽到燈里獨樹一格的答案，夏樹視野的一角映出優和蒼太吃驚的反應。

美櫻也在「咦」的一聲之後屏息。

只有春輝露出了認真的表情。他用雙手撐在桌面上，探出身子追問：

「妳為什麼會這麼覺得？」

「雖然它閃閃發光，很漂亮，但如果棄之不顧，感覺就會生鏽。另外，光芒要是過於

強烈，就會因為太刺眼而令人無法直視——我覺得這一點也很像。」

好像了解，又好像無法了解的感覺。這是夏樹最坦白的感想。

其他的成員或許也跟夏樹差不多吧，沒有人跟著接話。

除了春輝以外。

「……哦。沒想到會有人跟我的想法一樣呢。」

春輝茫然地喃喃說道，露出燦爛的笑容。

他滿足的表情，彷彿訴說著內心「我找到同伴了！」的欣喜。

（看來，大概會決定採用燈里的畫吧。）

夏樹朝優瞄了一眼，隨後優才像是回過神來一般做出結論。

「大致上的感覺是這樣……姑且讓我們看一下妳們的作品吧？」

（……唉唉，居然說什麼「姑且」。）

儘管夏樹敏銳地捕捉到不妥的用詞，但如果硬是插嘴糾正，或許也只會讓氣氛變得尷尬吧。所以，她決定裝作沒察覺這件事，擠出笑容回應：

「我們多拿幾種不同類型的作品過來好了。諸如油畫跟素描之類的。」

雖然優之前沒說到這一點，但依據實際觀看作品，可能會產生不同的印象。儘管明白這麼做有點雞婆，但無論如何，夏樹還是希望春輝能察覺美櫻的優秀之處。

夏樹以眼神示意美櫻和燈里，於是她們倆也點點頭起身。

從美術教室把作品搬過來之後，一場小型評選會便開始了。

「一號榎本夏樹，要上場嘍～！」

趕在其他人開口之前，夏樹搶下第一個展示作品的機會。

（畢竟，從實力來看，這場評選會基本上是燈里跟美櫻在較勁嘛。）

夏樹不想妨礙這兩人，而且，令人沉重的事情，當然還是愈快結束愈好。

然而，傳入她耳中的卻是出乎意料的正面評價。

「夏樹畫的人物，總有著活靈活現的表情，我很喜歡這種感覺呢。」

第一個開口的是春輝。

蒼太和優也表示同意，陸續發表「用色很棒」、「也很有設計感」之類的評語。

愣在原地的夏樹慢了半拍才有所反應。

儘管感覺嘴角不停顫抖，她還是盡可能用開朗的語氣說道：

「好……好厲害喔！你們敘述感想的樣子，真的很像專業的評論家耶！」

結果，不知有什麼好笑的，三個男生同時噗嗤笑了出來。

（好想聽聽他們的理由！但又不太敢問……）

在夏樹不知該如何接著開口的時候，春輝突然將手伸了過來。

「妳就坦率地接受稱讚吧。這種機會可不多喔～」

被春輝粗魯地搓揉頭髮，讓夏樹感覺自己好像變成了幼犬或幼貓。儘管如此，內心仍湧現了一股害羞的感覺。

「咦咦～？平常也可以多稱讚我一點啊～！」

這次，自己也很自然地及時回嘴，夏樹暗自擺出勝利姿勢。

practice 3
～練習3～

她不經意地望向周遭。笑點很低的蒼太捧腹笑到不行。
同樣聽到美櫻和燈里的笑聲後，夏樹不禁稍微放心。
看來，原本充斥於這個教室裡的緊張氛圍，現在已經和緩許多。
（……咦？對了，那優他……）
「原來真正的對象是春輝嗎……」

優的喃喃自語像是要打斷夏樹的思考般傳來。
這句話是在對誰說、又是在指什麼，夏樹壓根不知道。
然而，她瞬間浮現「好像有什麼天大誤會」的強烈預感。

「那個……優……？」
聽到她小心翼翼的呼喚聲，優的肩膀猛地震了一下。
「……曬恩愛的行為就到此為止吧。」
「咦？」

優是在開玩笑嗎——夏樹完全沒想到自己跟春輝的行為會被說成在曬恩愛，只能整個人愣在原地。

（……難道他覺得我們倆很不正經嗎？）

優的責任感很強，所以，他或許會認為讓夏樹喘不過氣的緊張感，也是評選會的必須要素之一吧。這樣的話，破壞整體氣氛的人就是夏樹跟春輝了。

春輝也皺起眉，明顯露出「糟了」的表情。

「那……那麼，接下來換合田同學吧。」

隨著蒼太轉移話題，尷尬的氣氛也一掃而去。他眺望著擺在夏樹作品旁邊的美櫻的畫作，道出「筆觸很細緻呢」的感想。

優和春輝也跟著細細觀察起作品。於是，準備室裡再次湧現獨特的緊張感。

（這樣或許也好，可是……）

畢竟夏樹沒有打算繼續嬉鬧下去，所以她也不反對優的意見。

然而，某種難以言喻的異樣感，卻一直在腦中徘徊。

而且，或許是不祥的預感成真了，出乎意料的情況再次出現。

面對美櫻的作品，春輝的評價相當不留情面。剛才他給予夏樹的正面評價，彷彿像是一場夢境。

「該怎麼說呢～表情好像很僵硬？」

聽到春輝毫不客氣的批評，蒼太和優不禁瞪大雙眼。

「要說的話，應該是人物看起來都很有霸氣吧？」

「啊，這邊還有風景畫。」

儘管兩人試圖打圓場，但春輝仍不斷道出尖銳的意見。

「雖然作畫技術很棒……不過，總覺得有種『範本』的感覺呢。」

原本以為這樣的情況會持續下去，但在評鑑燈里的作品時，春輝幾乎全程都沒開口。

不管面對哪個作品，他都只是喃喃說了句「真不錯」，然後便看得入神。

為了意料外的發展告一段落而鬆一口氣的夏樹，也跟著靜靜地眺望作品。

（透過畫作向觀眾傳達某種情感嗎……我現在深刻體驗到燈里擁有這種能力呢。）

結果，不出所料，春輝選擇燈里做為畫作的製作人選。

至於燈里本人，或許是亢奮的情緒逐漸退去，現在的她，轉而進入怕生模式。她躲到夏樹的背後，怯生生地對春輝開口說：

「那個，芹澤同學……可以多告訴我一些電影的細節嗎？不然我無法融入女主角的心情，也會因為靈感大神不願意降臨，而不知該如何下筆。」

「靈感大神啊……連這種地方都一樣嗎？」

雖然這句話說得很精簡，但春輝想表達的意思相當明顯。

（春輝大概是把燈里視為「同伴」了吧。）

這一刻，春輝露出了像他年幼時在打造祕密基地及玩耍時的笑容。

隨著年齡增加，能擁有相同感受的同伴會變得更加珍貴。正因如此，同樣身為創作者，又能和自己產生共鳴的燈里，想必讓春輝打從內心感到喜悅。

（……那麼，美櫻呢？）

因為話題合拍，幾乎每天都一起回家的美櫻，對春輝來說又是什麼樣的存在？

儘管內心湧現想馬上跟春輝問個清楚的衝動，但一考慮到好友所懷抱的淡淡情愫，便

讓她猶豫起來。就算不是這樣，這也不是他人能隨便插嘴的事情。

（美櫻現在不知道做何感想……）

她悄悄往身旁瞄了一眼。美櫻臉上仍帶著一如往常的柔和笑容。

然而，她的雙手和雙腳卻都微微顫抖著。

「……美櫻。」

夏樹明明不知該說些什麼才好，回神過來時，卻發現自己已經開口輕喚她的名字。

美櫻像是被嚇了一大跳似地望向夏樹，然後迅速將自己的雙手藏到背後。

「……我們來收作品吧。」

看到美櫻微笑著這麼表示，夏樹也無法再說些什麼。

她裝作沒有察覺美櫻的異樣，同時在內心使勁怒吼。

（春輝你這個大笨蛋！）

結果，討論會在經過一個小時左右結束。

夏樹原本還以為已經過了兩個小時。所以看手錶確認後，她相當驚訝。

（在那之後，燈里和美櫻都一直在發呆呢……）

三人都回到美術教室繼續創作，但感覺仍是心不在焉。

讓她們無法集中注意力的原因或許各有不同，但剛才的討論會想必就是關鍵。到頭來，似乎是那幾個青梅竹馬造成了兩位好友的困擾，這讓夏樹內心滿是愧疚。

（他們說幾天後還要再討論，到時，應該只要燈里過去就可以了吧？）

總覺得有些坐立不安的夏樹，不禁傳了一封簡訊給優。

夏樹並不介意過去幫忙，但這次畢竟跟之前製作小道具時不同，不是能分工合作完成的任務。更何況，無論是燈里或美櫻，心中多少都還有些芥蒂吧。

（總覺得事態變得有點嚴重呢……）

「還想說怎麼沒聽到蟬鳴，原來下雨了呀。」

美櫻的細語聽起來十分平靜，是個一不留神就會錯過的聲音。

她大概是在自言自語吧。

不知燈里是否也那麼想，所以在沉默半晌後才出聲回應。

「……雲層看起來也很厚，感覺可能會下大雨。」

聽到燈里的感想，傳完簡訊的夏樹望向窗外。

「真的耶，看起來烏雲密布的……怎麼辦，今天還是先回去好了？」

夏樹轉頭，然後聽到好友表示贊成的聲音。雖然距離放學還有一段時間，但因為沒有心思繼續創作，留下來恐怕也沒有太大意義。

「那我們走吧！啊，美櫻今天也要一起喔。我們偶爾也三個人一起回家嘛。」

夏樹發出格外開朗的聲音，朝兩人展露笑容。

燈里一如往常地坦率點頭，美櫻則是跟著微笑。

走到校門口時，如同燈里的預測，雨勢變得大了起來。

夏樹像是要對抗雨點落在傘面上的聲音般，用力嘆了一口氣。

「是說，今天真的好累喔～」

practice 3
～練習3～

「或許是消耗太多精神了。畢竟，就算參加比賽，也不會像那樣當面聽到別人評價自己的作品嘛。」

聽到美櫻的回應，夏樹的臉一下子沒了血色。

難得她已經盡力避免提及春輝的名字，這下努力全都白費了。

在夏樹試著尋找其他話題時，燈里以一句「話說回來」接著開口：

「芹澤同學很重視美櫻呢～」

沒有發現美櫻停下腳步的她，以和平常相同的慵懶語氣繼續表示：

「能像那樣率直表達想法給對方知道的人，應該很少見吧～」

「可是，那樣也太粗神經了……我個人是這麼覺得啦……」

反射性開口之後，夏樹才察覺自己這樣的行為也很粗神經，所以連忙支支吾吾地改口。想要緩和氣氛的話，用苦笑來帶過或許還妥當一些。

（美櫻不要緊吧……？）

雖然美櫻再次踏出腳步，但雨傘遮住臉，所以看不到她的表情。

沒等本人反應，燈里再次開口說道：

「應該是因為他認為美櫻能夠坦然接受批評吧？」

「……啊！」

聽到這個讓人恍然大悟的分析，夏樹瞬間將雨傘拿高。

（沒錯，就是這樣！愈是喜歡的作品，春輝就愈愛挑毛病呢。）

以前，青梅竹馬四人一同觀看ＤＶＤ的時候，春輝總是會針對自己帶來的作品發表一堆意見。雖然夏樹難以理解這種行為，但似乎就是因為喜歡，才不得不將自己的看法一吐為快。

如果借用優或蒼太的說法，春輝就是個「傲嬌」。

「春輝他啊，該說個性有點彆扭嗎？有時會表現得像個傲嬌呢～」

夏樹以腳步稍微落後的美櫻也能聽到的音量開口。

然而，因為後者沒有半點反應，擔心的她不禁轉頭望向後方。

「……燈里很擅長觀察人呢。」

看到美櫻臉上略為落寞的笑容，宛如雷擊般的電流瞬間竄過夏樹的身體。

practice 3
～練習3～

（難道美櫻她……）

本人或許沒有自覺，但美櫻說不定很羨慕燈里。

從剛才在準備室的對話聽來，在創作方面，春輝和燈里似乎有著共通的思維。而現在，燈里似乎也比青梅竹馬的夏樹更理解春輝。

（這就是所謂的三角戀嗎？）

夏樹按捺著加速的心跳，望向另一個當事人燈里。

發現夏樹等人落後的燈里，也停下腳步等待兩人。

「……真好～戀愛究竟是什麼樣的感覺呢……」

在徹底被雨聲掩蓋之前，這句低語震撼了夏樹的鼓膜。

不同於發言的內容，燈里的表情看起來有些黯淡。

（咦……咦？剛才那是……也就是說……？）

夏樹在腦中以驚人的速度回想過去的種種。的確，她完全沒聽過燈里主動聊戀愛的話題。她總認為是燈里每次都打太極拳敷衍過去。

倘若夏樹的推論正確，那就是「三角戀情未滿」的關係。

（可是，這樣一來……要燈里畫電影用的那幅畫，不會太吃力嗎……）

「榎本同學～！」

這個呼喚聲宛如雷鳴般撕裂了周遭的空氣。

雖然這是道夏樹熟悉不已的聲音，但她還不曾聽聞對方用如此宏亮的音量吶喊過。她反射性地轉過身來，同時還思考著聲音的主人是否另有他人。

不過，追著她趕來的身影，果然是夏樹料想中的那名人物。

「太好了，我趕上了……」

「戀雪同學！怎麼了嗎？」

「我剛才繞去美術教室，結果聽說妳已經回家了……呃，我昨天收到了這個東西……」

說著，戀雪伸手在書包裡翻攪一番，然後掏出一個小紙袋。

順勢接過紙袋的夏樹，不禁用困惑的眼神望向戀雪。

「可以打開嗎？」

「當然。我希望妳能收下它……」

夏樹一頭霧水地打開紙袋，確認裡頭的東西。

「限定版附錄漫畫！戀雪同學，你抽中了啊？」

放在紙袋裡的，是他們倆相當喜愛的漫畫為了紀念單行本發行，而另外製作的附錄漫畫。據說全世界只有十份，是極為寶貴的夢幻珍藏品。

「雖然我是不抱期待地寄出抽獎明信片……總覺得我可能把好運都用光了呢。」

看到夏樹震驚到幾乎跳起來的反應，戀雪靦腆地點了點頭。

「好棒、好棒喔～！我從來沒想過自己有機會目睹這個耶。」

夏樹細細地盯著封面，發出歡欣讚嘆。

「小夏，妳很開心喔～」

「是吉田老師的書嗎？我記得妳說過很喜歡這位作者嘛。」

原本在一旁看著兩人交流的燈里和美櫻，也帶著笑容望向夏樹手上的東西。

「嗯！吉田老師的搞笑也最棒了～」

「……就是因為曾經聽榎本同學這麼說過，所以我才想把這個交給妳。」

看到戀雪用笑臉再次強調，夏樹不禁愣住而屏息。

「可是你也是吉田老師的書迷吧，戀雪同學？既然這樣，你應該要自己留著。」

為了避免表現出依依不捨的樣子，夏樹以一如往常的態度將紙袋遞向戀雪。

然而，戀雪只是在原地搖搖頭，不肯收下紙袋。

（怎麼辦……這樣一直拿著，會被雨淋濕呢……）

夏樹無可奈何，只能將紙袋再次收入懷裡。但這麼貴重的禮物，她實在不能收下。

她直直凝視著戀雪，結果後者瞬間移開視線。

「……如果可以的話，做為這個禮物的交換條件……」

戀雪低下頭，說話聲音像蚊子叫的身影，彷彿變回了那個還沒剪頭髮的他。

或許是什麼難以啟齒的事情吧。於是，夏樹決定轉而用輕鬆的語氣回應。

「什麼事～？只要是我能做到的，你儘管說喲。」

practice 3
～練習3～

戀雪反覆深呼吸數次，然後像是下定決心似地再次抬頭。

無論是瀏海或眼鏡，現在，已經沒有東西遮掩住他的面容。

面對那帶著熱意的真摯眼神，夏樹的心臟猛地抽動了一下。

「暑假……要不要一起出去走走呢！可以的話，就……就我們兩個……」

這句發言傳入耳中的同時，夏樹明白自己的心跳加快，臉頰也逐漸發燙。

（冷……冷靜啊我！對方可是戀雪同學耶。這一定只是朋友之間相約出去玩啦！）

夏樹隔著制服襯衫按住自己暴衝的心臟，然後輕輕點頭。

「……好……好期待呢！」

聽到夏樹的回應，戀雪的表情瞬間開朗起來。

「嗯！那麼，詳細的情況我再傳簡訊跟妳說。」

語畢，戀雪隨即轉身跑遠。

聽著因戀雪的腳步而從地面濺起的水聲，夏樹有些脫力地望向頭頂的傘面。

（……剛才那是什麼意思呀……）

「是約會的邀請呢。」

彷彿在回答夏樹內心的疑惑般，美櫻在絕妙的時間點開口這麼說道。

這讓夏樹不禁發出「呃啊！」的怪聲，然後愈來愈手足無措。

「……這應該不是什麼約會吧……」

看到夏樹支支吾吾的反應，美櫻以手戳了戳她的臉頰。

「妳滿臉通紅地這麼說，完全沒有說服力喲。」

「就說不是了嘛！」

「那我也一起去好了？這樣妳就不會緊張了吧？」

看到燈里天真無邪地挽起夏樹的手臂，美櫻重重地嘆了一口氣。

「這樣一來，小夏的確不會緊張，但綾瀨同學就太可憐了呀……」

「咦？為什麼？」

practice 3
～練習3～

呈現放空狀態的夏樹一邊聽著兩人雞同鴨講的對話，一邊在腦中努力思考。

直到目前為止，她都將戀雪視為一名和自己有共通興趣的友人。她認為對方應該也是這麼想的。而且，剛才的邀約中，也沒有提及「約會」一詞。

（……單純是我自以為是而已～！一定是這麼一回事，嗯。）

倘若不是這麼一回事呢？

儘管這樣的疑問盤據在腦中某個角落，夏樹仍裝作沒發現。

她絕對不能讓自己單方面的誤會造成珍貴友情的裂痕。

（不要緊……不要緊的啦……）

她在內心如此說服自己，然後對陷入熱烈討論的兩位友人開口說：

「等暑假到了，我們三個也一起出去玩吧！就這麼說定嘍。」

高中生活的最後一個暑假，已經近在眼前。

Akari Hayasaka

早坂燈里

生日／12月3日
射手座
血型／O型

夏樹的好友。美術社社長。
單純的個性和燦爛的
笑容引來不少仰慕者，
但其實很怕生。

practice
~練習4~
4

Practice 4 ～練習4～

暑假的第一個週末匆匆忙忙地到來。

前一晚，夏樹因莫名緊張而遲遲無法入睡。終於陷入熟睡的同時，鬧鐘卻無情地響起。而她的記憶同時也在此中斷。再次睜開雙眼時，距離約定時間只剩下一個小時。

「又搞砸了……我原本打算早點起床，好好研究穿搭耶～」

夏樹在全身鏡前方換穿一套又一套的衣服，仍無法做出決定，讓她急得直跳腳。

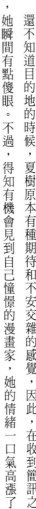

（今天能和吉田老師見面呢，我可不能穿得太隨便啊……！）

之前，戀雪依約傳簡訊過來，邀請夏樹一同參加她最愛的漫畫家的簽名會。而地點理所當然不是在遊樂園或水族館，是在室內的某間大型書局。

還不知道目的地的時候，夏樹原本有種期待和不安交雜的感覺，因此，在收到簡訊之後，她瞬間有點傻眼。不過，得知有機會見到自己憧憬的漫畫家，她的情緒一口氣高漲了起來。

夏樹馬上允諾一起參加簽名會，然後便迎接了今天的到來。

「……果然還是只能出動壓箱寶了嗎？」

夏樹從在腳邊堆成小山的衣物裡頭，拾起一件胸前繡著可愛蕾絲的連身裙。

某次跟美櫻等人逛街時，她對這件連身裙一見鍾情，便買下來了。

「我很少穿這類衣服呢……不知道要不要緊？」

夏樹將連身裙抵在充當睡衣的T恤上方，覺得自己看起來似乎比平常清純了一些。

「大概加個二十分？」

夏樹以苦笑回應自己的單純，然後準備褪去T恤。

「是約會的邀請呢。」

美櫻的那句話突然在腦中浮現，讓夏樹停下了動作。

（不可能的啦，嗯……）

戀雪本人沒有這麼說，而且他們今天是要去參加漫畫家的簽名會。就算是兩人共通的興趣，這也不是約會行程會出現的選項吧。

再說，自己也沒被告白，所以絕對是想太多了。

嗶嗶！嗶嗶！

像是要打斷夏樹的思緒一般，擱在床上的手機響了起來。

「啊，原來我有設定通知啊。」

她連忙拿起手機確認時間，發現距離約定時間已經不到半小時。

沒時間再猶豫了。夏樹以雙手拍了拍臉頰，然後迅速脫下T恤。

「喂～夏樹！我拿遊戲來還妳嘍～」

踏出玄關時，佇立在門口的人影喚住了她。

視線對上的瞬間，她看到手持攻略本和遊戲軟體的優朝自己跑過來。

practice 4

~練習4~

「抱歉~我現在要出門，你放在鞋箱那邊吧。」

「跟合田和早坂嗎？」

（……咦……咦？總覺得他今天一直盯著我看？）

對優的視線感到不安的夏樹搖了搖頭。

「不是，我今天要跟戀雪同學出去。」

這麼回答的下一刻，她感覺到兩人之間的氣氛瞬間凍結。

優蹙起眉頭，犀利的眼光貫穿夏樹。

「什……什麼？你怎麼了……？」

「春輝就算了嗎？」

像是要蓋過夏樹的聲音一般，優以極為低沉的嗓音提問。

雖然完全摸不著頭緒，但夏樹感覺對方很明顯生氣了。

而且還是前所未見的勃然大怒。

夏樹勉強克制住想要往後退的衝動，直直地回望著優。

微微顫抖的雙手、像是要傾訴什麼而動搖的雙眼，以及緊咬下唇的反應。看著這樣的優，夏樹發現自己誤會了一件事。

（……他在……忍著不要哭出來？）

或許本人並沒有自覺，但這股憤怒的背後，隱藏著另一種情感。

一旦了解到這個事實，夏樹也無法以強硬的態度回應他。

「……因為，電影要用的那幅畫，不是決定讓燈里來負責了嗎？所以，我沒有什麼一定得跟春輝見面的理由啊。要出去玩的話，我也會找望太一起。」

「因為自己沒被選上，就打算放棄嗎？」

聽到對方隨即拋出莫名其妙的質問，夏樹不禁止住呼吸。

既然已經決定由燈里來作畫，還有什麼放棄不放棄的問題呢？優應該也很明白這一點才對。事到如今，他為什麼會說這些？

「我……不太明白你的意思……」

「妳想蒙混過去？妳的畫作被春輝誇獎的時候，明明開心成那樣……妳從沒在我面前露出那種表情吧？」

就算坦率道出自己的感受，優卻更進一步地逼問。

大腦被問號占據的同時，只有一件事夏樹很確定。

（我們的對話完全是雞同鴨講～！）

在她不知情的時候，電影又有什麼新企畫了嗎？不對，如果是那樣，她應該至少會收到簡訊的聯絡，而優也會在此刻跟她說明。

（不然是怎麼回事？怎麼了？這是什麼情況？）

在夏樹陷入一團混亂的同時，優輕輕吐出一口氣。

他接下來不知道會說什麼——夏樹這麼想而抬起頭來，但映入眼簾的，卻是一隻大手。

她下意識地僵住身子，但優的手卻只是摸了摸她的頭。

「咦……優……？」

夏樹愣愣地張開嘴，仰望眼前這個青梅竹馬的臉龐。

那裡的他，臉上帶著看起來判若兩人的成熟笑容。

「抱歉，這不是我該插嘴的事情。」

不對啦。你到底在生什麼氣，又是為了什麼這麼痛苦，我根本一頭霧水耶。

明明只要這麼說出口，就能解決問題，但夏樹卻發不出半點聲音。

像是對待妹妹雛一般，優再次輕撫了夏樹的頭幾下。

「……畢竟，我已經答應了。不管妳喜歡誰，都要聲援妳嘛。」

感覺會隨風而逝的這句低語，確實傳入了夏樹的耳裡。

所以，她仍然說不出隻字片語，只能像被石化一般杵在原地。

「你們約定的時間來得及嗎？那我把這個放在鞋箱嘍。」

優朝夏樹揮揮手，隨後打開她家的玄關入內。

這是夏樹已經看過好幾次的情景，但不知為何，今天卻讓她的胸口刺痛不已。

（……優跟我之間的距離，還是像青梅竹馬那樣嗎？之後也一直都是？）

在第一次的告白預演後，夏樹便以「我喜歡你」取代日常的招呼語。

同時想著但願在多次重複之後，優能認真接受這句話就好了。

practice 4
～練習4～

（我至今都在做些什麼啊……）

自己只是一味地從優的面前逃開罷了。躲進「青梅竹馬」、「預演」這些安全地帶，高築起直到最後都不會讓自己受傷的防波堤。

儘管自以為已經做到萬無一失，但最後，名為後悔的巨浪仍席捲而來。

「這樣根本不行啊……」

夏樹的聲音沒有被任何人聽見，就這樣消失在蟬鳴聲中。

♥ ♥ ♥ ♥ ♥

「榎本同學，妳沒事吧？」

「……咦？」

在肩膀被人小心翼翼地搖了幾下後，夏樹緩緩望向開口的那名人物。

她眨了眨眼，讓失焦的視野再次變得清晰。映入眼中的，是一臉擔心的戀雪。

隨後，周遭的音量也跟著恢復，喧囂的談笑聲傳入耳裡。

（這裡是……？簽名會……對喔，已經結束了……）

手邊的玻璃杯發出清脆的冰塊碰撞聲。夏樹這才回想起自己點了一杯冰咖啡歐蕾。或許是因為擱置太久，杯底已經滲出一灘水。

「妳看起來沒什麼食慾呢。是中暑了嗎？」

「沒事！應該是因為看到吉田老師的時候太興奮，現在精疲力盡了吧。對不起喔，我一直發呆。」

這句話很自然地脫口而出，所以夏樹本人也認為應該就是這麼一回事。

不過，戀雪卻依舊一臉困惑，並對夏樹投以彷彿在試探什麼的眼神。

「……妳跟瀨戶口同學發生什麼事了嗎？」

這個提問在夏樹的內心猛地激起一陣浪花。

這種感覺像是波紋在水面散開般緩緩擴散至全身。最後，她只能無力地點頭。

「雖然不是什麼大不了的事啦……最近，我愈來愈不懂優在想什麼了。」

「妳有跟本人提過這件事嗎？」

「怎麼可能！我哪說得出口呢。」

「為什麼？妳不是很困擾嗎？」

面對戀雪快狠準的回應，夏樹不禁啞然。

儘管他的說法再正確不過，但就是因為夏樹做不到，才覺得困擾。

更讓人困擾的是，戀雪不可能不懂夏樹內心的糾葛。他可是在全國模擬考名列前茅的資優生，想必猜得到夏樹的想法。

倘若他是在知情的情況下刻意這麼提議的話……

（應該就是要我「別拖拖拉拉的，直接跟他正面交鋒！」吧。）

「……戀雪同學，你變了呢。不只是外表，連個性都積極多了。」

「是……這樣嗎？如果真是如此，那都是託妳在背後推了我一把的福，榎本同學。」

戀雪像是在訴說某種祕密般壓低了音量。

想要回話的夏樹，不知為何像是舌頭打結般支支吾吾起來。

「哦……咦咦咦？我……我嗎？我什麼都沒做啊。」

「啊哈哈！我就知道妳會這麼說呢。」

不知道笑點在哪，戀雪趴在桌上笑個不停。

隨後，他抬起頭來，拭去眼角的淚水，然後望向一臉狀況外的夏樹。

「我剛剛講的話那麼好笑嗎……？」

「不，我只是覺得妳跟我真的完全相反呢。」

戀雪啜了一口冰紅茶，接著像是解數學題目似地繼續說明：

「促使我改變的契機是榎本同學。不過，這對妳來說卻是『理所當然』的事情。所以，妳不但沒特別把這件事放在心上，也不覺得自己有什麼功勞。」

「……是……這樣嗎？」

夏樹總覺得對方過度吹捧自己，有點無法坦率表達同意。

但戀雪仍直截了當地予以肯定的答案。

「我認為是這樣呢。反之，站在妳的立場，妳認為自己跟瀨戶口同學是青梅竹馬，所以理解彼此的想法也是『理所當然』。但另一方面，這同時可能奪去了讓妳將自己的心意化為言語，確實傳達給他的機會。」

將自己的心意化為言語——

夏樹喃喃複述一次，感覺遮蔽視線的那層霧氣逐漸散去。

（……這樣啊，原來我太依賴「理所當然」了嗎？）

覺得彼此的對話沒有交集，猶豫著不敢向前踏出一步。

之前，她都沒有遇上必須用言語將自己心意傳達給對方的情況。所以，夏樹總懷疑會不會她只是將一切解釋成對自己有利的狀態，因此沒有勇氣去面對真相。

（我一直沒有好好確認過彼此的心意呢。）

看著不發一語的夏樹，戀雪不禁向她低頭賠罪。

「對不起。我身為局外人，還說這種自以為是的話……」

「哇，不要跟我道歉啦！我也認為你說得真的沒錯呢。」

夏樹慌張地搖搖雙手，然後催促對方繼續享用中餐。

「比起這個！你快趁義大利麵變軟之前吃完吧。」

戀雪抬起頭，看起來似乎還想說些什麼。但在夏樹投以「嗯？」的疑問後，他輕輕搖了搖頭，同時，臉上透露出一絲絲落寞。

（戀雪同學會不會已經受不了我啦……？）

剛才那段對話的契機，在於夏樹一直發呆。

而且，多虧了戀雪，夏樹原本亂如麻的思緒瞬間變得清晰起來。但因為這實在是太私人的事情，就算想告訴他，也還是讓人有點猶豫。

（……如果我順利向優表明心意，之後得向戀雪同學道謝才行呢。）

無論結果如何，成功向前邁進仍是不變的事實。

若當初是夏樹從背後推了戀雪一把，現在，則是戀雪從背後推了夏樹一把。

屆時，就跟感謝之情一併傳達出去吧。

這時，夏樹打從內心深信這個瞬間不久後就會到來。

（真傷腦筋，已經走到公園來了啊……）

看到一旁的戀雪露出充滿好奇心的眼神，夏樹悄悄在內心嘆了一口氣。

雖然戀雪說要送她回去，讓夏樹覺得很開心，但沒想到戀雪打算護送她到家門口。

刻意一起坐車到距離夏樹家最近的車站，已經讓她相當驚訝了，到站之後，戀雪還拋出一句「來，我們走吧」，然後理所當然地踏出步伐，讓夏樹也只得跟上去。

（就算跟他說「現在還是傍晚，不要緊的」，戀雪同學也完全聽不進去。）

沒想到戀雪同學意外是個頑固的人。

一番苦思之後，夏樹決定在原地停下腳步。

「戀雪同學，真的送到這邊就行了……不然你會不知道怎麼走回車站喲。」

「……我明白了。做出讓榎本同學困擾的行為，也並非我的本意呢。」

戀雪有些裝模作樣的發言，讓夏樹不禁露出苦笑。

（他今天一直都是這樣的感覺耶～）

戀雪原本說話就相當客氣，但要比喻的話，今天的他彷彿散發出一種執事或騎士的氛圍。將夏樹當作千金大小姐或公主殿下對待的言行舉止，讓她有些無所適從。

（他會搶先替我做所有的事情呢。）

踏進室內時，戀雪一定會先上前開門。

就坐的時候，他理所當然地先替夏樹拉椅子。兩人並排行走時，他會若無其事地走在靠近馬路的外側。

（不過，讓他以「是我約妳出來的」這個理由請我吃中餐，實在很過意不去啊。）

戀雪真的是個好人。

如果透過太明顯的方式表達謝意，他恐怕也會推辭吧。

所以，夏樹將滿心感謝化為真誠的笑容，望向戀雪說道：

「謝謝你！我今天很開心喔。」
「我才是呢。真的……就好像一場美夢。」
「咦咦？你太誇張了啦，戀雪同學。」
夏樹笑著說出「真是的～」，一邊像跟優或春輝嬉鬧那樣，朝戀雪的上臂搥了一下。
雖然看起來身型纖細，但戀雪的手臂同樣有著肌肉的觸感。
（對喔，戀雪同學也是男孩子嘛……）

「榎本同學！」

對方突然呼喚自己的同時，夏樹的手腕也被戀雪一把揪住。
後者露出極為認真的表情，讓她忍不住屏息。
（戀雪同學是不是不喜歡被別人碰觸呀？）
因為平常跟優等人的肢體接觸程度更甚，夏樹一時忽略了這點。或許戀雪正是對這種肢體交流反感的人。

practice 4
～練習4～

正打算道歉時，後方傳來自行車經過的聲音。

夏樹的肩膀微微震了一下，戀雪連忙放開她的手。

「對……對不起！妳的手很痛吧？」

「不，沒有。是我不應該突然搥你，對不起喔。」

跟戀雪道歉時，夏樹的視線不禁追上那輛遠去的腳踏車。

那是一輛極其普通的淑女車。前方的籃子裡頭塞了一個超市的塑膠袋，從背影看來，騎車的人也是一名女性。跟夏樹內心所想的人物不同。

「榎本同學？妳怎麼了？」

「……只是想到，這裡是他的散步路線呢。」

或許是被優傳染了吧，夏樹的這句話省略了某些部分。

但不知為何，戀雪同學卻準確地猜中了，回以一句：「噢，瀨戶口同學的嗎？」

他為什麼會知道？

夏樹開口詢問之前，戀雪再次揪住她的手腕。

在戀雪拉扯下，夏樹的額頭「咚」一聲地撞上他的鎖骨。

（哇，感覺好痛……！）

夏樹反射性湧現這樣的感想，但戀雪的身子並沒有因為這道撞擊失去平衡。不僅如此，他將另一隻手繞到夏樹的背後，像是要讓她埋入自己的胸膛般緊緊擁住。

「妳知道自己現在是什麼樣的表情嗎？」

聽到近在耳畔的聲音，夏樹忍不住掙扎起來。

但戀雪的臂力遠比想像得強勁，讓她只能勉強別過臉。

（戀雪同學是怎麼了啊……）

夏樹的腦中充滿不安和困惑，完全沒將戀雪的問題聽進去。

或許是對她不發一語的態度感到焦躁，戀雪再次開口：

「換做是我的話，絕不會讓妳露出這麼悲傷的表情。我會誠心誠意地努力。」

practice 4
～練習4～

緊貼在戀雪胸前的夏樹，聽到他劇烈的心跳聲。

於是，夏樹的心跳也跟著加速，宛如全力衝刺過後那麼急遽。

甚至激烈到讓人疼痛。

「所以，瀨戶口同學的事情就別——」

「我怎樣？」

一道像是要打斷戀雪發言的聲音從後方傳來。

這個再熟悉不過的聲音，夏樹絕不會聽錯。

「……優……」

夏樹掙脫了戀雪力道減弱的雙臂，有些沉悶地轉過身來。

背對著夕陽站立的優，讓人看不清他臉上的表情。

然而，不可思議的是，對方平靜的怒意仍傳達了過來。空氣彷彿能擦出火花，就連佇

立在此感覺都很吃力。

「吶，綾瀨。」

優怒瞪著戀雪，完全無視一旁的夏樹。

相較之下，戀雪並未因此而退縮。以一句「是」點頭回應優的時候，臉上甚至掛著淺淺的笑容。

愈發緊張的夏樹，不自覺地緊緊揪住連身裙的裙襬。

「我說，你知道ＴＰＯ（註：Time、Place、Occasion）嗎？這裡是公共場所，像我這樣住在附近的一般居民都會經過呢。要是被人窺見那種場景，夏樹會很困擾吧？」

「那種場景？」

不知道是真的不懂，抑或刻意裝傻，戀雪隨即這麼反問道。

優相當罕見地「嘖」了一聲，然後帶著怒氣朝戀雪走近。

「我的意思是，要是你有空間擺出男朋友的嘴臉，就該更為這傢伙的處境著想才對。」

「……這句話，有朝一日不會套用在你身上嗎？」

「不會。」

聽到優不加思索的回答，笑容從戀雪的臉上消失。

他先是露出目瞪口呆的表情，隨後又瞇起雙眼瞪視著優。

夏樹無法跟上如此唐突的發展，只能在一旁無言地看著這兩人。

「可以請教你理由嗎？」

「因為……我跟夏樹是青梅竹馬。這是附近的鄰居公認的關係。」

「哦，青梅竹馬。」

目睹戀雪嗤之以鼻的反應，優的表情很明顯地變得不悅。

看在夏樹眼中，那也是宛如挑釁的行為。

（這個人是誰？他真的是戀雪同學嗎……？）

儘管認為自己必須介入兩人之間，夏樹的腳卻動彈不得。

雖然想至少出聲呼喚他們，關鍵的聲音卻發不出來。
愈是焦急地想做些什麼，喉嚨愈是變得乾啞。
（拜託你們不要吵架啊……）
投以乞求的眼神後，優馬上察覺到了。兩人四目相交時，他先是露出了吃驚的表情，隨後，眉間的皺紋愈變愈深。
（為……為什麼？變成反效果了嗎？）
難道優認為她單方面袒護著戀雪？
優不顧手足無措的夏樹，再次向前踏出一步。
「總之，我不會把夏樹交給會讓她哭泣的人。」
平淡的嗓音，讓夏樹明白剛才的挑釁沒有對優起作用。
緊張的情緒鬆懈下來後，夏樹吐出一口氣，接著感受到某種冰冷的東西落在鎖骨處。
（什麼……？下雨了嗎？）

她抬頭仰望天空，但在發現烏雲之前，視野便模糊一片。

夏樹舉起無力的手揉了揉眼睛，發現指尖傳來濕濕的觸感。

「……咦……咦？」

「就是這樣，我們走吧。」

不等夏樹回應，優便攬著她的肩膀踏出腳步。

原本想發出要優等一下的抗議，卻變成帶著鼻音的抽泣聲。

（笨蛋，現在不是顧著哭的時候啊……）

得和戀雪同學道歉才行。

也得解開優的誤會。

儘管內心這麼想，淚珠卻源源不絕地湧出，讓夏樹無法好好開口。

「明明沒有一決勝負的打算，這樣太狡猾了！」

practice 4
～練習4～

戀雪從身後傳來的吶喊，並非是在制止兩人離開。

而且，還無從得知這句話是針對誰說的。

夏樹抬頭望向走在一旁的青梅竹馬，他臉上帶著惆悵的表情。

（……是在對優說嗎？）

不過，本人似乎決定不做出任何回應，只是緊閉著雙唇。

而戀雪也沒再繼續開口。後方傳來他跑步離去的腳步聲。

（為什麼……為什麼會變成這樣呢？）

夏樹強忍著哽咽，在內心不斷重複這個沒有答案的問題。

這天的夕陽，火紅得讓人睜不開眼。

Sota Mochizuki
望月蒼太
生日／9月3日
處女座
血型／B型
夏樹的青梅竹馬，
隸屬於電影研究社。
有著過於率真的個性，
常成為眾友人玩弄的對象。

practice
~練習5~
5

Practice 5

～練習5～

身上的制服仍有種疏遠感。

儘管暑假已經結束一個星期了，直到現在，優仍無法習慣這身制服打扮。

（話說回來，我今年連返校日也翹掉了啊……）

雖說這是因為優在參加補習班的集訓，但能將這做為避開戀雪的正當藉口，著實也讓他鬆了一口氣。

撞見戀雪和夏樹的「約會」現場之後，他們便一直持續著冷戰狀態。

（……總覺得今年的暑假特別短呢。）

班會時間結束後，在前往社團教室的路上，優因抵擋不了酷暑而鬆開制服的第二個鈕釦。

假期已經結束了，但炎熱的暑氣似乎還會殘留好一陣子。天氣熱到感覺好不容易背起來的公式都要融化在腦裡了。

（哇咧，說曹操，曹操就到……）

他望向窗外，發現戀雪蹲在花壇前的身影。在公園遇到他時，戀雪的膚色甚至比夏樹還要白，但加入社團，負責照料花壇之後，他似乎有些曬黑了。

優停下腳步，盯著那頭蓬鬆的髮絲不斷舞動的模樣。

（那傢伙果然喜歡夏樹吧。）

其實優從以前就隱約猜到了。戀雪對夏樹投以的視線相當灼熱，到了似乎不只把夏樹視為「同班同學」或「擁有共通興趣的朋友」的地步。

而讓優如此深信不疑的關鍵，是戀雪在公園對他說出的那句話。

「明明沒有一決勝負的打算，這樣太狡猾了！」

所謂一決勝負的內容，或許就是夏樹的男朋友寶座之爭吧。

（話雖這麼說，但綾瀨也還沒告白啊。）

倘若他已經向夏樹告白了，後者一定會全都表現在臉上。

優曾不著痕跡地詢問過夏樹，但她完全沒有表現出那種感覺。

「我都說那是你誤會了嘛，優！」

從公園將夏樹帶回她家的隔天，衝進房裡來的夏樹，劈頭就是這句話。

她表示當時會哭出來，是因為被優的魄力嚇到了。

儘管聽起來像個很爛的藉口，但優還是勉強按捺住追問的衝動。

因為有另一件事更讓他無法接受。

「那妳被綾瀨擁在懷裡的事呢？那是怎麼一回事？」

聽到這個問題，夏樹先是瞪大眼睛，隨後，她的視線不斷在半空中游移。

為了不讓夏樹打哈哈帶過，優耐著性子，目不轉睛地凝視著她。

最後，夏樹雙手環胸，歪過頭直截了當地回答：

「那是怎麼一回事呢？」

practice 5
～練習5～

我才想問好嗎！

優死命壓抑想大吼的衝動，透過各種方式繼續質問夏樹。

然而，看到對方笑著回以「我不太記得了耶」，他也只好舉白旗。

另外，夏樹警戒心太低這點讓優更加煩躁，於是，那天的對話最後以吵架收場。

（因為雛的雞婆，我們隔天又能若無其事地對話就是了……）

一道看不見的高牆逐漸將他們倆隔開。這樣的變化，夏樹應該也有察覺到。

原本持續進行的告白預演一時中斷，兩人的對話也變得不太自然。

「……怎麼每件事都這麼不順呢……」

這時，彷彿聽到優的低喃一般，戀雪突然轉頭望向他所在的位置。

感覺到兩人視線對上的一瞬間，優連忙離開窗邊。

（不對，我幹嘛逃跑啊？）

優這麼想著，然後再次望向窗戶外頭，但那裡已經不見戀雪的蹤影。

「……我也去社團吧。」

在社團教室跟春輝、蒼太碰頭之後，優開始翻閱貼滿了便利貼的劇本。

他有意無意地確認兩人的狀況，發現他們手的動作似乎很奇怪，不斷重複著時而慌慌張張地往前翻頁，時而又在奇怪的時間點一口氣翻過好幾頁的動作。

（他們倆的黑眼圈都好重啊……這也難怪。）

電影並非在結束拍攝工作後就大功告成。依照後續剪接的效果，有可能出現相當大的不同。

從截止日倒數回來的話，現在差不多是讓拍攝告一段落的時期了。

（在我去參加集訓的時候，他們兩個自力完成了拍攝的部分吧……）

接下來的工作，該由優來接棒了。

他拿著劇本的手自然而然地加強了力道，聲音也十分宏亮地說：

「我整理了一下目前的狀況。現階段能夠拍攝的場景，已經全都拍完了吧？我這邊也

practice 5
～練習5～

會針對拍好的膠捲大致進行比對。」

「……嗯，拜託你了。」

春輝以略為沙啞的嗓音回應，坐在他旁邊的蒼太也無力地點了點頭。

雖不太想連珠砲地提問，但如果不馬上掌握現況，就無法管理接下來的工作排程。儘管覺得對這兩人不太好意思，優仍然一邊抄寫筆記，一邊繼續問道：

「望太，早坂的畫進行得如何？」

「……關於這個……」

看到蒼太欲言又止，優朝春輝使了個眼色。

但春輝只是懶洋洋地搖頭，然後以下巴示意蒼太的方向。

（這方面都交給望太了……是嗎？）

在優和春輝兩人的安排下，聯絡燈里的工作由蒼太來負責。儘管基本上都是以簡訊交流，但就算這樣，蒼太似乎還是很緊張，所以優也不禁有點擔心……

「別告訴我她搞失聯嘍。」

「你有確實聯絡她嗎？」

「啥？才不會有那種事啦！」

優和春輝毫不客氣的吐嘈，讓蒼太不滿地皺起眉頭。

「就算嘴上這麼說，但你一跟她見面，就會變得幾乎無法呼吸吧？」

「上次要不是貼心的我把你帶開，你鐵定會當場昏倒。」

「那……那次真的承蒙你的照顧啦～！不過，這次絕對沒問題。我每個星期都會跟她確認一次目前的作畫進度。」

蒼太自信滿滿地挺了挺自己的胸口，但表情仍有點灰暗。

「既然這樣，你幹嘛露出那種不太妙的表情啊？」

「……這是因為……那個……」

聽到優的指摘，蒼太再次支支吾吾起來。

優想繼續追問的時候，春輝突然彈了一下手指。

「所以是早坂那邊的問題？」

（啊，原來如此。所以望太才會難以啟齒。）

實際上，春輝的推理確實完全命中了。

蒼太的臉色瞬間變得慘白。最後，他有些不情願地點了點頭。

「其實草稿已經完成，也開始上色了……可是，燈里美眉說總覺得缺少些什麼，結果就在完稿前停筆了。」

聽到這番似曾相識的說詞，春輝隨即點頭，優則是雙手抱頭。

「創作的時候，總是會無可避免地遇到這種瓶頸呢。」

「而且，直到本人打從心底覺得滿意前，不管周遭的人怎麼說，都沒有用啊……」

聽到優的經驗談，蒼太帶著苦笑繼續說道：

「我也有問她是在哪個階段卡住，但似乎連本人都搞不太懂的樣子。或許是哲學思維方面的問題吧，她還說過『戀愛到底是什麼呢？』這樣的話。」

「啊～這下真的不太妙了……」

看到優粗魯揉頭的反應，春輝隨即回以「什麼不太妙？」的疑問。

或許連蒼太都對這個提問感到驚訝吧，他愣愣地看著做此發言的人。

在兩人的注目下，春輝一臉若無其事地開始說明：

「早坂那句『戀愛到底是什麼？』，應該跟『人生在世是為了什麼？』這種哲學問題的含意不同吧。她純粹是真的不知道，才會這麼說。」

「……我……我還是不懂。拜託再說明一次！」

「望太，是你想得太複雜啦。聽好嘍，意思就是早坂還沒有戀愛經驗。以上。」

下一瞬間，教室裡一片鴉雀無聲。

照春輝的說法，身為高中生的燈里，至今都未曾有過初戀的經驗。

（呃，不過，也不無可能呢。這種事每個人都不一樣啊。）

優在內心這麼自言自語。同時，蒼太緩緩地開口：

「……這麼一說，燈里美眉也是我的初戀呢。」

「望太，不要自己說出口，又自己羞得滿臉通紅好嗎……連我都不好意思了耶。」

「被初戀弄得灰頭土臉的你，也沒有資格說別人吧，優？」

practice 5
～練習5～

面對以喉嚨發出哼笑聲的春輝，優不禁板起面孔。

（站在我的立場，真正沒資格說別人的是你才對。）

差點脫口反擊的這句話，只是在遷怒春輝罷了。優也很明白這點，所以並未說出口。

他取而代之地回以有點壞心眼的提問：

「話說回來，你跟合田又怎麼樣啦，春輝？」

「沒怎麼樣啊。不過，她說這陣子暫時沒辦法和我一起回家了。」

春輝的語氣聽起來稀鬆平常，所以兩人的反應也跟著慢半拍。

用被暑氣擊垮的大腦反芻這番話一次、兩次之後，他們終於釐清狀況了。

「……啥？喂喂喂，這是要跟你拉開一段距離的意思吧？」

「這明明就是有怎麼樣的狀況嘛！」

蒼太從座位上起身，猛地伸出手指向春輝。

然而，春輝卻只是以手托腮，一副在自家客廳觀看綜藝節目的表情說：

「你們的反應好激烈喔～」

「是你太淡定啦！這樣可以嗎？你有沒有問她理由？」

看到當成自己的事情般關切的蒼太，春輝不禁露出「這傢伙好耀眼啊」的表情仰望他說：

「嗯？嗯～她好像說是因為最近要忙著製作參加比賽用的作品。」

「所以，問題並不是出在你身上嘍？那就好。」

「真是的，別嚇人啦……」

優也跟著放心下來，但他這時才發現最關鍵的部分仍是個謎團。

他剛才提出的「你跟合田又怎麼樣啦」問題，還是被春輝蒙混過去了。優刻意迴避了「你們倆的關係有什麼進展嗎？」這種直截了當的問法，但春輝毫無動搖的態度，著實也讓他在意。

「是說，你跟合田在交往對吧，春輝？」

「啊，這個問題我也想問呢。」

抓準時機加入的蒼太，讓局面繼續維持著二對一的狀態。

practice 5
～練習5～

然而，春輝仍是一副不動如山的態度，只是淡淡地「嗯～」了一聲。

隨後，他犀利的視線繞過從課桌後方探出身子的蒼太，落在優的身上。

「問這個又能怎樣？假如我跟合田在交往……不對，假如我說自己喜歡夏樹以外的人，你就會放心了嗎，優？感到放心，然後就結束了？」

春輝的發言有如當頭棒喝。

優無言以對，只能愣愣地回視春輝。

（春輝說得沒錯。我只是想放心。）

原本僵化的大腦緩緩開始運作。

於是，浮現在眼前的，是他至今極力不願面對的那個事實。

就算夏樹對春輝有意思，只要春輝眼中已經有了別人，就能避免最糟糕的結果。

在被選為告白預演的練習對象之後，優心中一直有著這般差勁的念頭。

而且，為了不讓自己的心虛被察覺，他將這樣的想法深鎖在內心，表面上佯裝成理解、支持夏樹。簡直是無可救藥。

（到頭來，我只是在嫉妒綾瀨或春輝罷了……）

「噯，優。」

不知道愣了多久之後，優突然察覺蒼太的呼喚聲。

他望向蒼太，發現後者的表情從擔憂轉為放心。

「太難的事情我不是很懂……不過，你餓不餓？」

「咦……」

優一瞬間沒能做出回應，反倒是馬上開始收拾東西準備回家的春輝出聲表示贊成。

「我的胃空空如也，幾乎要磨出洞來了。我從昨晚就什麼都沒吃呢～」

「因為你午休時間也完全睡死了嘛……」

伴隨著蒼太「哈哈哈」的幾聲乾笑，春輝的視線再次落在優的身上。

但這次的表情少了方才的犀利，嘴角也是上揚的。

practice 5
～練習5～

「去吃拉麵吧！」

「……那就順便去開發新的店家好了。超市後面有一間新開的喔。」

優也從座位上起身，並提供自己掌握到的最新情報。

「咦，你又發現新的店啦？你真的很喜歡拉麵耶，優～」

之後，便是一如往常的感覺。

三人聊著微不足道的事情，有說有笑地離開社團教室。

（……不對，可不能當做什麼都沒發生過。）

「問這個又能怎樣？假如我跟合田在交往……不對，假如我說自己喜歡夏樹以外的人，你就會放心了嗎，優？感到放心，然後就結束了？」

儘管不知道春輝的真正用意為何，但對優來說，這是個意義深遠的提問。

只要能確實明白問題來自哪裡，便稱得上是已經解決了問題。

在穿越校門的瞬間，優以只有春輝聽得到的音量輕聲說道：

「謝啦，我清醒過來了。」

春輝一瞬間露出驚訝的表情，隨即笑著攬住優的肩膀回應：

「要是被甩了，我們就再去吃拉麵吧。」

「咦，別說這種觸霉頭的話啦～！」

優坐在全新的餐桌前眺望同桌成員，臉上浮現略為困擾的神色。

自己的右邊坐著點了蔥花鹽味拉麵的春輝，春輝的對面是點了餛飩麵的蒼太，蒼太的旁邊則是點了叉燒拉麵的戀雪。眾人一致對老闆的手藝讚不絕口，同時展現出跟中暑完全無緣的豪邁吃相。

（沒錯，拉麵好吃極了。是最棒的食物。）

practice 5
～練習5～

而優手邊的醬油拉麵，也是讓人忍不住再三要求加麵的人間美味。

看來，選擇這間店是正確的。

（不過，為什麼會是這幾個人來吃啊……）

這是約莫三十分鐘前才發生的事情，根本不可能不記得。

蒼太在車站附近看到戀雪的背影後，馬上拔腿跑到他的身邊，這就是一切的開端。蒼太猛力揮手趕過去的身影，感覺就像一隻幼犬。

「阿雪～！不對，綾瀨同學！不嫌棄的話，要不要跟我們一起去吃拉麵？」

「啊哈哈，叫我阿雪就可以嘍。請務必讓我同行吧。」

其實，蒼太跟戀雪的交情，還停留在不足以用暱稱呼喚彼此的階段。

然而，蒼太卻彷彿和對方十分熟識地開口邀約，而戀雪也爽快地答應了。

（這……這是什麼狀況……？）

在優啞口無言的時候，春輝從後方痛快地拍了拍他的背說道：

「這不正是個好機會嗎？你們倆就攤牌把話說清楚吧。」
春輝到底知道些什麼，又了解到何種程度？
這種彷彿一切都被看透的感覺，讓優不禁心頭一震。
要是開口問了什麼不該問的，似乎只會弄巧成拙，所以優也沒能回應隻字片語。最後，在「沉默代表同意」的認知下，戀雪便加入了吃拉麵的行列。

（望太那傢伙，感覺拚命想跟綾瀨熟起來呢。）
拉麵吃到一個段落後，蒼太便迫不及待地提出一堆問題。
內容主要是針對戀雪的一百八十度大變身。

「哦！所以，你是去青山那間雜誌有刊登過的美髮沙龍剪頭髮嗎？」
「我想說可以先從外表開始。」
「嗯嗯，設計師剪出來的造型都會不一樣嘛。你現在的髮型很帥氣喔。」
或許被人當面稱讚讓他很害羞吧，戀雪縮起身子，低下頭。
「不過，內在還是改不了，所以改變的效果也有限就是了……」

practice 5
～練習5～

看到笑容有點無力的戀雪，蒼太回以打氣的話語：

「阿雪，我覺得你可以更有自信一點喔。能讓自己改變，就已經很厲害了呢！」

聽到蒼太這麼說，戀雪一開始還張著嘴愣在原地，但在明白這些都是前者的肺腑之言後，他露出了害臊的笑容。

（像現在這樣聽他說話，綾瀨其實也沒有完全變了個人嘛。）

戀雪的外表的確有所改變，但現在的他，完全沒了當初在公園對優挑釁時那種自信滿滿的氣勢。

（……不過，他的確變得能夠直視別人的雙眼說話了。）

以前，戀雪的眼睛一直覆蓋在長長的瀏海之下，而且也總是低著頭。多半只有在聊漫畫的時候，才會和他四目相交。

「不管理由是什麼，能像那樣改變自己，實在很厲害呢。」

在暑假來臨之前，蒼太曾經一邊眺望窗外的戀雪，一邊瞇起雙眼羨慕地表示。

之後，雖然優對著有感而發的兒時玩伴表示「我覺得你維持現在這樣就很好了」，但他也明白，倘若對方無法打從內心接受這種說法，便沒有意義。

（想要改變……嗎……）

下一瞬間，餐桌上突然一片沉默。

正當優感到納悶時，他發現其他三人的視線都集中在自己身上。

「……怎……怎麼？發生什麼事了？」

「呃，因為你剛才說『想要改變』啊，優。」

手握湯匙的蒼太一臉困惑地回答。

優朝春輝瞄了一眼，結果後者也回以「對啊」的肯定答案。

（嗚哇，我搞砸了……！）

優原本只打算在內心低喃，沒想到一不小心就說溜嘴了。

他遲遲想不到能用玩笑帶過的方法，只好尷尬地讓視線在半空中游移。

practice 5
～練習5～

「原來瀨戶口同學也會有這樣的想法啊。」
打破沉默的人不是蒼太或春輝，而是戀雪。
他眨了眨眼，語氣聽起來略感意外。
「……我不能有這種想法嗎？」
「啊，我不是這個意思……因為，在我看來，你是『擁有』的人。」

戀雪這種不直接道破的獨特說話方式，跟春輝有點像。
然而，跟春輝不同的是，戀雪的發言感覺話中帶刺。
（如果要說我太敏感，那倒是沒錯啦……）
在公園發生的那件事之後，證明這些不見得是優的誤會。

該無視，或是正面接下戰帖？
一瞬間的猶豫後，優從自己的碗裡夾了一塊叉燒，然後放入戀雪的碗中。
「謝謝。為了表達感激，我就貢獻一塊叉燒給你吧。」
「咦，好好喔！我也想要～」

聽到蒼太隨即做出的反應，春輝也跟著起鬨：

「沒問題。反正只要努力吹捧優就好，是個很簡單的任務喔。」

看到馬上鬧起來的兩人，戀雪再次愣愣地眨了眨眼。

然後輕吐出一口氣笑道：

「嗯，瀨戶口同學，你果然擁有呢。」

雖然戀雪沒有明說他究竟「擁有什麼」，但從前者落寞的表情看來，優也大概察覺到了。

優猶豫著是否要繼續針對這個話題開口，但最後，他選擇僅道出自身的感想。

「雖然他們平常只是很聒噪就是了。」

「……不過，還是很令人羨慕呢。」

戀雪的回應，讓優稍微對他改觀了一些。

（剛才那是他的真心話吧……）

雖然內心還是無法抹去戀雪單方面將他視為情敵，並動輒找碴的印象，但似乎不只是

這樣。戀雪或許並不是故意說出挑釁或酸溜溜的話，只是會不禁將湧現的想法脫口而出罷了。

當然，這其中也有宛如在煽動優的發言。

之前，他祭出了「一決勝負」一詞，企圖讓優的立場變得更明確。這是以「優將夏樹視為更勝於青梅竹馬的存在」一事為前提。

思考至此，優突然發現一件事。

（為何綾瀨要刻意讓我的立場明確？）

說到競爭對手，當然能少一個是一個。

趁對方靜觀其變的時候，對夏樹展開猛烈攻勢，也較能提高成功的機率。

（這樣的話，簡直像他在……）

「有機可乘！」

優一心一意地思考著，因此沒能發現從旁緩緩逼近的身影。

在蒼太高呼的同時，他碗裡又有一塊厚切叉燒遭到綁架。

「我就收下這塊叉燒啦！」

「……望太～你至少也安靜點吃飯吧！」

「你也很吵啊，優。」

彷彿事先排演過一般，只要這三人聚在一起，就能上演一段搞笑小短劇。

戀雪也表示「你們好有默契喔」，忍不住笑個不停。

（跟這些傢伙在一起，就沒辦法裝嚴肅呢……）

優刻意重重嘆一口氣，然後捧著碗繼續大口吃麵。如果不這麼做，他可能無法抑止嘴角上揚。

如同戀雪所言，優「擁有」非常棒的朋友。

所以，突然對戀雪產生的疑問，優打算將它和滋味具深度的湯頭一同嚥下。

為了不破壞這股雖然吵吵鬧鬧，卻也和諧無比的氣氛。

然而，「那個時刻」隨即到來了。

掀開拉麵店的簾子走到外頭時，戀雪突然以認真的語氣喚住優。

「瀨戶口同學，可以再占用你一點時間嗎？」

突如其來的指名令優不禁瞪大雙眼。一旁的蒼太則是馬上舉起手喊著：「我也要！」

不過，戀雪有些愧疚地皺起眉頭回應：

「可以的話，我希望能跟瀨戶口同學兩人獨處……」

（拜託別用這種會引人誤解的說法啦！）

而春輝彷彿聽到了優內心的吶喊，露齒笑著說道：

「人家都這麼說了，看來你不答應也不行嘍，優。」

這番話簡直完全無視優的意願。春輝露出得意洋洋的表情，揪住一臉還想繼續聊天的

practice 5
～練習5～

蒼太的衣領，用另一隻手輕輕揮了揮便揚長而去。

被留在原地的優，帶著無法言喻的疲憊感望向天空。
夕陽已經差不多完全西沉，可以瞥見散發出淡淡光芒的月亮。
（走到這一步，讓我感覺背後彷彿有某種偉大的意志存在呢……）
或許，不跑完這個事件，就無法迎向結局吧。
優思考著這些不知是開玩笑還是認真的事，然後心不甘情不願地答應。

戀雪鬆了一口氣，向他表示「那我們換個地方吧」。
在優考慮是否要先跟他打聽目的地時，戀雪在附近停車場停下腳步。
（是不想被其他人聽到的內容？）
車站後方目前尚未開發完成，附近的店家就只有一間超市。
吶喊著限時搶購的熱鬧招客聲，伴隨微暖的晚風傳來。

「那麼，你想跟我說什麼？」

「你願意和我一決勝負了嗎？」

兩人幾乎在同時向對方提出質問。

相較於打算循序漸進的優，戀雪一下子就開門見山，讓前者著實陷入動搖。

「咦……啥？」

看到優困惑的反應，戀雪毫不客氣地繼續表態：

「我已經做好長期戰的準備了。」

「呃，我說啊……」

優原本想質問戀雪到底在說什麼，但察覺到這是個毫無意義的問題，又沉默下來。

與其說兩人雞同鴨講，應該說戀雪企圖讓對話照著他的步調進行吧。

優深呼吸一口氣，避免露出一臉厭煩的表情。畢竟他對於自己一直逃避這場攻防戰也有自覺，所以並沒有責備對方的意思。

（既然這樣，也沒其他辦法了。就爬上這傢伙準備的擂臺吧。）

practice 5

～練習5～

「……你之前也說過要一決勝負，但你自己也還沒告白，不是嗎？」

「是的。」

就算被人一語道破，戀雪也沒有一絲驚慌失措，只是平靜微笑著。

看到他泰然自若的反應，優有些目瞪口呆。

「是的……就這樣？」

「是的。」

戀雪像是鸚鵡學話般回以完全相同的答案。

這或許是一種挑釁。

要是不在這裡順對方的意，改天恐怕又會被找出來，然後面對相同的狀況。

（真的有夠麻煩耶～！）

優在內心咒罵著，同時選擇勉強接受戀雪的挑釁。

「……那麼，就先假設我對夏樹抱有戀愛感情好了。暑假在公園遇到你們那次，如果我當場跟夏樹告白了，你打算怎麼做？」

聽到優的提問，微笑瞬間從戀雪的臉上消失。

但他馬上又恢復原本的表情，並帶著更深的笑意回應：

「正大光明地跟你一決勝負。」

聽到戀雪的答案，優笑著喃喃表示：「噢，果然是這樣呢。」

他刻意在夏樹的面前做出那種挑釁，是為了讓優的心意曝光。

至此都一如優的判斷，但最重要的行動理由，仍是不明的狀態。

「……你的目的究竟是什麼？增加情敵，降低自己成功的機率，又能如何？」

「我說過了吧？因為我想正大光明地跟你一決勝負。」

這次，戀雪收起了方才的笑容。

除了宣戰發言以外，他全身上下都散發著應戰的氣勢。

正當優猶豫著該如何回應時，戀雪又繼續往下說：

「那算是我的宣戰布告。像現在這樣站在你的面前，也是為了同樣的目的。」

「……所以到底為什麼是我啊……」

practice 5
～練習5～

不知這道沙啞的嗓音是否有傳入戀雪耳中。

這句話並沒有要說給誰聽，只是優的自言自語。

（夏樹喜歡的人並不是我啊。）

如果向戀雪道破事實，自己或許就不用被迫站上這個擂臺了。

他這麼想著，言語也即將從喉頭溢出。

然而，只是因為想從這種狀況中解脫，就把夏樹的心意透露給戀雪知道，結果或許又會不同。畢竟，無論夏樹喜歡誰，戀雪的態度或許都不會改變。

優像是要將所有思緒摒除似地撥開瀏海。

在變得稍微清晰的視野中，他直視著戀雪的身影問道：

「你真的喜歡夏樹嗎？」

「……瀨戶口同學，你知道我的名字嗎？」

「啥？」

對方不但以另一個問題來回應自己的提問，還很唐突地轉移了話題，讓優不禁愣在原地。

然而，戀雪本人仍露出極為認真的表情，淡然地繼續說：

「『戀雪』。戀愛的戀、白雪的雪。很像女孩子的名字對吧？再加上我之前的外表又是那樣，所以周遭的人都會叫我『小雪』……」

「不過，夏樹都是叫你『戀雪同學』吧？」

優想也不想地開口。結果，戀雪帶著一臉幸福的表情回答「是的」。

（噢，原來是這麼一回事……）

對戀雪而言，夏樹是讓他改變自己的契機。

這不僅是「給予自己改變的勇氣」，還包括「希望能為了夏樹而改變」的意涵在內。

（既然如此，又何必煽動我？）

優內心的疑問再次加深，於是他重新望向戀雪。

「我看你很執著於一決勝負這件事，但又是什麼樣的一決勝負？只要讓那傢伙接受自己的心意就算贏了嗎？哈！無聊透頂。」

各種思緒一股腦兒湧上來，優開始滔滔說個不停：

「這樣『一、二、三，開始告白』的做法，到底有什麼意義啊？夏樹會選擇的只有一個人，也有可能我們倆都沒被選上。噢，我懂了。是為了在被甩之後要互相安慰嗎？」

他的情緒似乎比自己想得還要高漲。說完這番話之後，優甚至有些氣喘吁吁。

相較之下，戀雪只是沉默地仰望著他。

優無法從戀雪的雙眼中看出任何情緒反應，只能繼續自說自話：

「噯，你也站在夏樹的立場替她想想吧。如果同時被朋友跟青梅竹馬告白，而且她還必須拒絕這兩人的話……這不是很煎熬的一件事嗎？」

「你是以被甩為前提啊，瀨戶口同學。」

終於開口的戀雪臉上帶著苦笑。

（想苦笑的人是我才對吧。）

他刻意強調「瀨戶口同學」，就是想主張「我可跟你不一樣」的意思吧。雖然不知戀

雪是真的胸有成竹，抑或只是想煽動自己，但無論如何，這些都沒有意義。

（到頭來，你根本不明白最重要的一點。）

不知為何，優有種想哭的衝動，但他仍露出挖苦的表情笑道：

「總比誤會來得好。你只是想把自己的心意強行加在夏樹身上吧？不管再怎麼喜歡，用自己單方面的心意壓迫對方，可不太好喔。」

「……我只是喜歡榎本同學最自然的模樣罷了。就算她無法將我視為戀愛對象，包含這點在內，我仍喜歡全部的她。」

完全無法理解。

優坦率地回以「什麼跟什麼啊？」但戀雪只是靜靜地露出笑容。

優就這樣等了片刻，然而，對方沒再給予其他答案。

（該說的都說了，差不多該回去了吧……）

正當優思考著該如何結束對話時，放在書包裡的手機傳來震動。

practice 5
～練習5～

從現在的時間來看，八成是雛吧。應該是傳簡訊來問他晚飯要吃什麼。

（如果簡訊回得太慢，會被那傢伙叨念很久呢。更糟的情況下，她有可能直接打電話過來。）

剛好，就趁這個機會走人吧。

或許是窺見優的打算了，戀雪對他投以欲言又止的眼神。

「唉，受不了耶！想說什麼就清楚說出來啦！」

在優忍不住吶喊出聲之後，戀雪回以令人難以置信的一句話：

「我會等你的答覆。」

「啊？啥？」

前言撤回。

看來，不是戀雪企圖讓對話照著他的步調進行，而是他們倆一直都在雞同鴨講。

疲憊感頓時全數湧現，優不禁嘆了一口氣。

（……這種事情，拜託一次就夠了啊。）

為此，他也得確實表態才行。

把對方亟欲得知的東西——亦即自己的心意說出口。

「無論你怎麼說，我都不會跟夏樹告白。」

戀雪因吃驚而屏息，露出一臉「我搞砸了」的表情。

看到他的反應，優有種暈眩感。

（他果然打算說服我跟他一起告白嗎……）

事到如今，優也沒打算詢問戀雪理由。他轉身背對後者。

「明天學校見嘍。」

然後勉強以乾啞的喉嚨擠出這句話，便離開了現場。

身後沒有傳來對方的回應，也沒有叫住他的聲音。

（與其說綾瀨改變了，倒不如說他不會再掩藏真正的自己了呢。）

這種事可絕對不能對蒼太說出口。這麼想著的優，帶著苦笑加快腳步。

practice 5
～練習5～

有些涼爽的風輕撫過他發燙的雙頰。

（唉唉～看來夏天真的要結束了……）

被獨自留在原地的戀雪，究竟露出了什麼樣的表情呢？

或許只有在轉暗的天空中綻放出光芒的月亮知道。

Hina Setoguchi
瀨戶口 雛
生日／8月8日
獅子座
血型／A型
優的妹妹。似乎已經
發現夏樹的心意，
而且也支持她……？
總是開朗又樂觀。

practice
~練習6~
6

Practice 6 ～練習6～

「啊，月亮出來了。」

在放學後空無一人的教室裡，夏樹以手托腮，茫然地眺望著窗外。

她想起現代國語老師似乎說過「中秋的圓月十分美麗」，還有「秋分已經過了，白晝和黑夜的長度也互換過來」等等。

而制服也進入換季的時期，從短袖變成長袖。

（若說「沒有改變的只有我」，可讓人笑不出來呢……）

夏樹背對窗邊，打開原本擱置在課桌上的手機。

沒有新的簡訊，螢幕顯示出來的是待機畫面的月曆。暑假結束時舉辦的比賽，馬上就要發表結果了。

「又是老樣子嗎……」

practice 6
～練習6～

夏樹皺眉喃喃說道，癱倒在桌面上。

（總覺得腦袋一片混亂呢。）

自從暑假發生那件事以來，她和優之間就維持著一種尷尬的氣氛。

那時，她會哭出來，並非是跟戀雪發生了什麼，而是被優的魄力給嚇到了。

夏樹以為只要好好說明就能化解誤會，但優又拋出新的問題。

「那妳被綾瀨擁在懷裡的事呢？那是怎麼一回事？」

被他這麼一問，夏樹才初次回想那件事，但她本人實在也不明白理由為何。如果不問問另一名當事人戀雪，大概也無法得知真正的理由吧。

（我都已經一五一十說出來了啊……雖然沒提及戀雪同學的名字就是了。）

但她的答案並無法滿足優。在那之後，優的態度似乎就有點冷淡。

（這樣哪裡還顧得了告白嘛……）

她抬起視線。優的座位就在眼前。

確認教室裡頭只有自己一個人之後，夏樹緩緩起身。

「……優竟然把備忘寫在桌上啊。」

她以指尖輕撫桌面熟悉的筆跡，苦笑著喃喃說道「真拿他沒辦法」。

明明跟其他人用的是相同的桌椅，但這裡卻殘留著優的氣息。

「只有一下子應該沒關係吧……」

夏樹假裝沒發現自己心跳加速，慢慢地在優的椅子上坐下。

雖然內心想著「一下子就好」，但在坐下之後，她卻有點不想起身。

「糟糕，我好像變態……」

「夏樹？妳在幹嘛啊？」

突然被這麼一喚，夏樹不禁發出「哇啊！」的慘叫聲而站起。

不幸中的大幸是，出現在敞開的教室大門外的人影，並不是這張課桌的主人。

「春……春輝？怎麼了，你忘了拿什麼嗎？呃，不對，我們不同班啊。」

「自己耍笨再自己吐嘈，有勞妳啦～」

practice 6
～練習6～

春輝露出賊笑，還輕輕做出敬禮的手勢。

他看起來一如往常，似乎沒察覺到夏樹內心的動搖。

（要不要緊啊……他會發現這其實是優的座位嗎……？）

「是說，妳在優的座位上做什麼，夏樹？」

聽到春輝簡潔有力的指摘，夏樹瞬間漲紅了臉。

她慌慌張張地揮舞雙手，拚命以「不，那個……我……」之類的字句辯解。

但春輝只是不太感興趣地「哦～」了一聲，朝她走近。

「順帶一提，我是過來拿一個借給他很久的東西。讓我看一下抽屜吧。」

語畢，春輝從優的抽屜裡取出一本厚重的字典。內頁貼了一堆便利貼，封面也有些破爛，一看就知道經常被翻閱使用。

「……英日字典？」

「嗯，有個特地出給我的作業，所以需要用到它。」

「對喔！因為你的英文簡直沒救了嘛，春輝。」

「少囉唆！妳也只有現在能說這種話啦。我將來絕對會說得一口流利的英文。」

這段和平常沒兩樣的輕鬆吐嘈，讓夏樹鬆了一口氣。

然而，下一刻，春輝再度展開言語攻勢。

「所以，妳的告白預演，現在還沒進展到正式上場的階段嗎？」

「……這……這個……我……」

一開始，替夏樹製造告白機會的正是春輝。

儘管夏樹最後用「告白預演」做為藉口搪塞過去，但嘴上表示「我只會單方面聽妳說而已喔」的春輝，仍繼續擔任她的諮詢對象。

他是個能夠從男生角度給予建議的寶貴人士。

（不過，在公園發生那件事之後，跟優之間就變得很尷尬一事，我沒能告訴他就是了。）

因為忙著參加比賽，所以暫時中斷了告白預演——這是夏樹對春輝的說詞。然而，到了只需等結果發表的現在，這個藉口就不管用了。

practice 6
～練習6～

看到夏樹答不出半句話，春輝一臉無奈地聳聳肩。

「……對不起，我真沒出息。」

「不會啊。畢竟妳也有適合自己的時機吧。我可說不出『我支持妳，所以趕快去痛快地被甩掉吧！』這種話呢。」

「春輝，這不好笑耶。」

自己明明說得一本正經，春輝卻毫不客氣地哈哈大笑起來。

「……不過，我也沒資格說別人就是了。」

春輝坐在優的桌子上，靜靜地抬頭仰望夏樹。

發現青梅竹馬極其罕見地露出自嘲的笑容，夏樹不禁瞪大雙眼。

「我第一次聽說耶！原來你也有喜歡的人嗎，春輝？」

「對啊，不行嗎？」

聽到春輝彷彿是為了掩飾害臊的粗魯語氣，夏樹猛力搖頭。

「沒這回事，我支持你喔！」

「竟然馬上這麼回答啊。」

春輝噴笑出來，表情也在下一瞬間變得神清氣爽。

（是嗎……原來春輝也有喜歡的人……）

夏樹暗自期盼那個人就是美櫻，但究竟該不該問出口，實在讓她很猶豫。

所以，她沒有詢問春輝喜歡的人是誰，取而代之地問出另一個讓她在意的問題。

「那你為什麼沒有告白呢？」

「……我想先把現在拍攝的作品完成，不然總覺得靜不下心來。」

身為青梅竹馬的直覺，讓夏樹判斷春輝是在說謊。

與其說是說謊，倒不如說是沒有完全吐實。

（既然他不願意說，那也沒辦法嘍。）

於是，夏樹模仿剛才的春輝，僅回以「哦～」的反應。

「既然這樣，你要不要也來試試告白預演？」

「……啥？」

practice 6
～練習6～

春輝的雙眼瞪得老大，彷彿聽到了什麼難以置信的事情。

看到他的反應，夏樹才發現這句話可能會造成誤會，於是連忙補充說明。

「我的意思不是要你先跟對方告白，然後再說那是預演……」

「噢，是要我把妳當練習對象？」

春輝靈活的思路再次幫了夏樹一個大忙，她用力點點頭。

「沒錯！我之前也實際嘗試過，不過，雖說是練習，還是會緊張得不得了呢。然後啊，跟對方說出『喜歡』之後……」

或許是回想起當時的情況了吧，夏樹的心跳開始加快。

她隔著開襟毛衣輕觸心臟所在的位置，對目不轉睛地凝視著自己的春輝露出笑容。

「就會湧現『下次一定要真的告白』這樣的想法喔。」

「……哦，感覺還不賴嘛。」

春輝露出柔軟的笑容。

那是個思慕著某人的溫柔表情。

（原來春輝也會有這種表情啊……希望他能進展順利呢。）

無論他喜歡的對象是誰，夏樹都在內心發誓絕對要支持春輝。

當然，她同樣支持美櫻的戀情，但這是兩回事。夏樹只是單純盼望春輝的戀情能夠開花結果。

在這一瞬間，她重新體會到戀愛總是難盡人意的事實。

決定進行告白預演的春輝，馬上唸唸有詞地開始練習。

他嘟囔著「這樣不對，那樣也不行」，努力思考著告白的台詞。

（為了避免打擾他思考，我到陽台那邊去等好了。）

正當夏樹打算走到最後面的窗邊時，她被春輝認真不已的聲音喚住。

「等等，我準備好了。那就拜託妳啦。」

「啊，嗯……」

像這樣臉上寫滿緊張的春輝，夏樹可說是第一次目睹。

跟他面對面的瞬間，夏樹的心跳不禁跟著紊亂起來。

（雖然知道是練習，但還是讓人緊張不已呢……）

春輝一步步拉近兩人的距離。

夏樹忍不住低下頭，看著那雙穿著室內鞋的腳慢慢靠近。

「……那個啊……」

顫抖的嗓音輕震夏樹的鼓膜。

她下定決心抬起頭。映入眼簾的，是一張比窗外的夕陽還要火紅的臉龐。

「妳或許是誤會什麼了吧。我喜歡的可不是那傢伙……」

春輝在深呼吸一次之後繼續往下說：

「我喜歡的人……是妳。」

下一瞬間，教室的門突然「喀噠」地重重晃了一下。

夏樹和春輝像是被電到似地猛然回過頭，但那裡沒有半個人。

practice 6
～練習6～

「……是風吹的嗎？」

「大概吧。」

這個最後關頭發生的小插曲，讓夏樹的心跳更加劇烈。

她有些不安地以手撫上胸口，結果發現眼前的春輝也做出同樣的動作。

兩人在面面相覷之後笑出聲來。

「真不妙啊～原來告白是讓人這麼緊張的事情。」

「啊，現在才問雖然有點晚，但你是第一次告白嗎，春輝？」

「對啊。因為我平常都是被告白的那一方。」

「啥？你還真敢講耶～」

聽到夏樹的吐嘈，春輝忍不住噴笑出來。

夏樹也被他影響而跟著笑出聲，方才的緊張感一轉眼消失得無影無蹤。

（……春輝的表情跟剛才不一樣了。）

他的內心或許已經產生什麼變化了吧。

而自己一定也是這樣——夏樹在內心自言自語著。

（我也必須鼓起勇氣才行……）

她握緊雙拳，彷彿拋開所有迷惘似地這麼宣言。

「如果這次能在比賽得獎……我也要好好跟優告白。」

聽到夏樹的決心，春輝挑起了單邊眉毛。

夏樹投以不解的視線，但後者最後還是沒再多說些什麼。

現在想想，那個敏銳的青梅竹馬，或許已經預測到接下來的事情發展了吧。

包括夏樹跟他自己的事情在內。

♥ ♥ ♥ ♥ ♥

社團教室年久失修的大門，被人以前所未見的強勁力道打開。

優吃驚地抬起頭，蒼太上氣不接下氣的身影出現在自己的視野中。

practice 6
～練習6～

滿臉通紅的他，不知道究竟是從哪裡跑回來的。

「你好快喔……咦，春輝沒跟你一起？」

剛才，春輝表示要去自動販賣機買東西，結果一離開教室就沒有回來。所以蒼太約莫在十分鐘前出去找他。

想要找到漫無目的閒晃的對象，可不只是個苦差事，簡直比登天還要困難。因此，優原本也以為蒼太不會那麼快回來，沒想到他今天這麼迅速就達成任務。

「你……你你……你冷靜聽我說。」

看到蒼太一臉驚魂未定，優總覺得似乎不好用「該冷靜的人是你吧」吐嘈他，只能老實地點點頭。

蒼太一邊調整自己的呼吸，一邊用顫抖不已的雙手撐在地上。

「剛……剛才……春輝他……在教室裡……跟夏樹告……告白了！」

聽到這個出人意表的消息，優完全忘記呼吸。

因缺氧而開始躁動的心臟，狂亂地跳起來。

（那是……怎樣啊……！）

我被背叛了。這怎麼可能。他在想什麼啊。

在腦中閃過的盡是帶著強烈怒氣的怨懟。

然而，隨即又有另一個自己發出「這是春輝個人的自由」的抗議聲。

誰規定其他人不能向夏樹告白？

優沒能回答這個問題。到頭來剩下的，只有他對自己的徹底失望。

（我果然無法在一旁靜靜地守護夏樹啊。）

當著戀雪的面說出口的那個誓言，現在輕而易舉地瓦解了。面對當下這種強烈想要逼問春輝的衝動，優再也無法自欺欺人下去。

（不過，就算這樣，我又該做什麼才好……）

回過神來時，優發現自己正因為滿心煩躁而胡亂搔著頭髮。

practice 6
～練習6～

痛覺和聲音將他拉回現實之後，優帶著無處宣洩的滿腔怒意「嘖」了一聲。

「……優，感覺你事情都只做一半呢。」

呼吸已經完全穩定下來的蒼太輕聲說道。

優一瞬間沒能了解他的意思，只是愣愣地「咦？」了一聲。

蒼太聳聳肩，然後語帶指責地表示：

「煩躁、咋舌、亂搔頭髮，然後就結束了？你應該更順著自己的情緒嘶吼出來才對啊。你大可吶喊『開什麼玩笑！』啊。你就這麼害怕表現自我嗎？」

這是不曾有人對自己說過的，直接又一針見血的字句。

蒼太的意見確實瞄準了優的心臟，並帶來尖銳的刺痛感。這股痛楚讓優真心想放聲大叫。

然而，儘管如此，優還是嚥下了所有的衝動。

他緊咬下唇，沉默著回望蒼太。

「……就算我這麼做，已經發生的事情也不會有任何改變。」

「說得也是。可是，你悵然若失的心意又該何去何從呢？」

「天知道。之後總會消失吧。」

蒼太並沒有接受優這樣自暴自棄的答案。

「並不會消失，只會在內心深處累積起來喔。連你本人都企圖無視，這份心意感覺好可憐呢。」

這次，優真的覺得心臟瞬間停止了跳動。被蒼太的發言貫穿，幾乎在垂死邊緣。

「……不然，我該怎麼做才好啊……」

他微微哽咽著吐露出這句話，同時，胸口也因為這樣而劇痛不已。

優望向地面，連抬起頭來的力氣都沒有。

（我真的……很可悲……）

看到他這般反應後，蒼太的腳步聲逐漸靠近。

優下意識地繃緊神經，但蒼太並沒有開口說些什麼。

最後，他聽到散落在長方形桌上的紙張被收集在一起的沙沙聲。

「是我的話，應該會把現在的心情融入腳本之中吧。」

「……咦？」

聽到這句思考方向完全出乎意料的發言，優不禁吃驚地抬頭。

蒼太微微一笑，然後拿自動筆開始在紙張表面書寫。

他似乎是把當下想到的內容全都寫下來，動作十分俐落。時而也會停止書寫，將某些內容劃上兩條刪除線。不久之後，整張紙便布滿文字。

在優看得入神的同時，蒼太像是想起什麼似地說：

「接下來是我的自言自語，你聽了就忘記它吧。」

語畢，不等優回應，蒼太便淡淡地再次開口：

「我的目標是推薦入學，所以，我常常會去找指導學生規劃生涯的半田老師商量。然後……聽說春輝可能會去美國念大學。」

「啥？」

優發出沙啞的嗓音。

不過，蒼太似乎打算繼續他的「自言自語」。他沒有望向優，而是逕自往下說。

「除了社團活動的作品以外，春輝好像獨自拍攝了另一支短片。他把那支短片拿去參加大賽，評價似乎也很不錯的樣子。得獎者不但有獎金可拿，另外……聽說還會提供留學的機會……」

蒼太的聲音愈來愈細微，最後終究沉默了下來。

儘管如此，他手中的自動筆仍未停下動作。優不禁由衷感到佩服。

「……我還沒找到能讓自己這樣傾注熱情的東西呢。」

不知道這是在跟春輝比較，又或是跟蒼太比較。

雖然他一下子也無法釐清，但或許兩者都有吧。

優一直很厭惡「沒有任何能力的自己」，並感到相當不安。

practice 6
～練習6～

不知是否猜透了他的想法，蒼太有意無意地道出像是在緩頰的意見。

「優，你又來了……你總會莫名貶低自己呢。」

「沒有啊，這是事實……」

這時，蒼太突然停止書寫，雙眼筆直地望向優。

「我能夠像這樣熱中於撰寫腳本，都是因為有你在背後推我一把。」

對方如此斷言，但優心裡卻完全沒有底。

大概是發現他眼中的疑惑了吧，蒼太問了一句「你不記得了嗎？」然後不滿地鼓起腮幫子。

「我不像春輝那樣擁有強烈的感性，也不像你這麼擅長安排作業流程，或是有能力在需要幫忙時召集到人馬……我能做的，頂多就是打雜的工作。」

聽到蒼太像是照著劇本說出來的這些字句，優瞬間屏息。

「我記得你去年好像也說過這種話……？」

聽到他這麼問，蒼太的表情豁然開朗起來，但隨即又轉為「搞砸了」的反應。他刻意聳了聳肩，以一副「真受不了你耶」的態度嘆了口氣。

「太慢了～看來，你也不記得自己那時說過什麼話了吧？」

面對蒼太斜睨自己的視線，優苦笑著回答：

「你在說什麼啊。你很有撰寫腳本的才華喔，望太。」

雖然只是重複當初自己說過的話，但不可思議的是，優的心頭覺得暖暖的。

他望向蒼太，這次後者以滿面的笑容回應。

「我是個極其平凡的人，沒有什麼特別之處。但即使是這樣的我，還是潛藏著某種才能。所以，優當然也會有嘍。」

「……我會試著去挖掘的。」

雖然無法馬上做出結論，但優至少不會再自暴自棄了。

之後，就算春輝回到社團教室來，自己也不會做出對他亂發脾氣的行為。

（是望太透過迂迴的方式讓我察覺到的……）

practice 6

～練習6～

無法將感情一股腦兒宣洩出來，以及企圖遷怒於春輝的念頭，全都導因於優對自己沒有自信。

神奇的是，一旦認同這點，長久以來苛責著優的那種自卑感，似乎也變得沒什麼大不了。自己或許只是畏懼著看不見的幽靈罷了。

另一方面，也有東西是優一直刻意忽略至今。

察覺這件事之後，他已經不能再移開雙眼了。

（我無法向夏樹告白的「真正原因」，恐怕就是……）

不曾改變過的、名為青梅竹馬的這層關係。

彷彿能永遠維繫下去的羈絆，在未來也能夠持續不變嗎？

審判的時刻已經近在眼前了。

Miou Aida
合田美櫻
生日／3月20日
雙魚座
血型／A型
夏樹的好友。
美術社副社長。
總是腳踏實地努力，
深受眾人的信賴。
跟春輝似乎很談得來。

practice
~練習7~
7

Practice 7
～練習7～

從學校往車站的路上，有一條最適合馬拉松課程的下坡路線。
只有在上體育課或是快要遲到的時候，這裡才會出現奔跑的身影。
除此以外，實際上，今天也正是夏樹高中三年以來，首度在這裡全力衝刺。
（沒……沒有人……追著我過來……吧……？）
她戰戰兢兢地回頭，確認視野之中沒有其他人。
在街上擠滿學生的放學尖峰時段過去後，現在，就連前方也不見半個人影。
就在夏樹放心的瞬間，膝蓋突然傳來一股衝擊。
「哇……哇哇……！」
腳扭了一下的她，不得不緊急煞車。
右腳上的樂福鞋因她的動作而脫落。但夏樹已經完全沒有單腳跳著走路的力氣或體力了，只好一腳穿鞋、一腳踩襪，緩緩地往回走。

「……還……還好沒被任何人看到……」

這副模樣實在是狼狽到極點。

夏樹承受著質樸而扎實的精神攻擊，勉強將樂福鞋撿了回來。

「唉唉……回到家之後，得把裡面清洗一下才行了～」

樂福鞋可以用水洗嗎？想到還得研究這個問題，夏樹不禁開始頭痛。

不過，她畢竟不能在右腳只穿著襪子的狀態下走回家。

為了乖乖穿上鞋子而彎低身子時，從額頭滴下的汗水滲入她的眼睛。

夏樹想也沒想地馬上用開襟毛衣的衣袖抹去汗水，但全身仍是汗涔涔一片。身上的制服襯衫也因為被汗水浸濕而黏貼在背上。

「嗚嗚，接二連三的……」

夏樹放下揹在肩上的書包，從裡頭掏出毛巾後，嘆氣仰望秋高氣爽的天空。

「……今天天氣真好呢。」

過度吸入和夏天不同的空氣後，肺部傳來陣陣刺痛。

接著感到一股鼻酸的夏樹，連忙以手拍了拍自己的臉頰。

（比起現在懊悔到想哭，當初為什麼不更努力一點呢……）

她咬緊下唇，在內心責備自己。

過去，從沒有一天像今天這樣，讓自己切身感受到「後悔莫及」這句成語。

她想起先前在社團教室裡頭的一切。

踏入美術教室的瞬間，身為顧問的松川老師便露出滿面的笑容。

在夏樹猜到原因的下一刻，老師開心不已的聲音便響遍了整個教室。

「早坂同學、合田同學，恭喜妳們！」

無須接著聽下去，便能明白這是兩人在比賽中獲獎的報告。燈里摘下了最優秀獎，美櫻的作品則是被列為佳作。

夏樹靠近張貼在教室裡的入選名單一覽，下意識地尋找自己的名字。

還想再重新審視一次的時候，她不禁為了自己的不乾脆而苦笑。

（不管看幾次，上頭也不會出現我的名字啊……）

嘴唇突然傳來一陣刺痛感。

自己似乎在不知不覺中緊緊咬住唇瓣。一股鐵鏽味在口中擴散開來。

（咦……這……我怎麼啦？不是應該習以為常了嗎？）

為自身反應感到震驚的夏樹，連忙從圍繞在入選名單的人群中抽身。

夏樹沒想到自己會如此挫折。這並不是她第一次落選，真要說的話，她根本從未得過獎。

「學姊，恭喜妳們。我就知道妳們絕對會入選呢！」

「這樣一來，連續獲獎的紀錄又更新嘍～」

「對了，以前也有過社長和副社長同時摘下金銀雙冠的紀錄對吧？」

學弟妹們祝福燈里和美櫻的聲音，總覺得聽起來好遙遠。

儘管夏樹也想加入道賀的行列，但她發現自己的臉僵硬得完全動不了。

表情從臉上褪去，嘴角無法往上揚。要是在這種狀態下過去恭喜那兩人，只會讓她們反過來擔心自己而已。

（我得離開這個地方……今天還是先回去吧。）

瞬間做出這個判斷的夏樹，拎起書包迅速趕到門邊。

然而，或許是腳步聲被發現了吧。背後傳來燈里和美櫻的聲音。

「小夏？妳要去哪裡？」

聽到燈里吃驚的語氣，夏樹盡可能裝出慌慌張張的樣子表示：

「我要去看牙醫！我忘記預約日期改成今天了。」

儘管燈里和美櫻再次開口說了些什麼，但她佯裝沒聽到，大聲向兩人道別。

「抱歉，我得走嘍！」

總之，一心只想逃離現場的她，全心全意地拔腿奔跑起來。

明知沒人從後方追上來，夏樹仍害怕得死盯著地面。

（……我原本到底打算做什麼呢？）

如果能在比賽中得獎，就要跟優告白。

之前，夏樹曾當著春輝的面這樣宣言過。但這並不是在許願。

她只是單純希望能鼓起告白的勇氣罷了。如果能讓自己變得更有自信，就可以拋開卑微的態度，勇敢地將心意傳達出去。

（可是，已經無法實現了……）

「小夏！」

眼眶一陣溫熱的同時，背後傳來彷彿是算準時機開口的呼喚聲。

裝作沒聽到，然後逃走吧——縱使心裡這麼想，夏樹的雙腳卻緊緊黏在地上，完全動彈不得。

「太好了，終於追上妳了……因為我還是想跟妳一起回去呢。」

雖然跑得上氣不接下氣，但燈里的聲音聽起來依舊十分開朗。

（為什麼……？為什麼就是不願讓我一個人獨處？）

夏樹拚命按捺住想這麼大叫的衝動，以一如往常的態度開口問道：

「……只有妳嗎，燈里？美櫻呢？」

「因為芹澤同學過來找她，她就去電影研究社那邊幫忙了。」

「這樣啊……」

「嗯。」

雖然只是短短一個回應，但夏樹總覺得燈里的聲音突然變得落寞。

正當她感到不解時，燈里烏黑亮麗的秀髮出現在視野的一角。蓄著一頭長髮的燈里繞到了夏樹的前方。

夏樹呆愣地眺望著眼前宛如畫中人物般的身影，結果，擁有水汪汪大眼的燈里回過頭

來問道：

「小夏，妳什麼時候要跟瀨戶口同學告白？」

一瞬間，夏樹沒能明白對方問了什麼。

看到夏樹愣愣張開嘴的反應，燈里有些疑惑地歪過頭。

「咦？還是妳已經跟綾瀨同學開始交往了呢？」

再次聽到出乎意料的提問之後，夏樹無法合上嘴了。

怒氣逐漸湧上心頭的她，所有情緒幾乎要一口氣爆發出來。

「……為什麼妳要問這種事？這跟妳無關吧？」

夏樹壓抑著想要怒吼的衝動，極力試著以平靜的語氣反問。

以往，自己明明動不動找對方商量這方面的問題，現在卻擺出這種態度，夏樹也覺得自己很差勁。儘管如此，她還是不希望他人觸及這件事。

燈里悲傷地垂下眼簾，露出前所未見的失落神情說道：

「小夏，我好像愈來愈不懂妳了呢……妳喜歡瀨戶口同學，而且除了告白預演以外，也打算某天要真的跟他告白。可是，妳卻又跟綾瀨同學約會不是嗎？」

僅存的理智在一瞬間斷線。夏樹反射性地吶喊出聲。

「我都說那不是約會了嘛！」

「可是，美櫻有說過，綾瀨同學或許是那麼想的喲。」

「什……！」

被迫面對自己持續逃避的真相，讓夏樹的視野一瞬間染成一片血紅。

再加上燈里更是提及了美櫻的名字，原本乾燥的眼角逐漸變得濕潤。

（快忍住啊！不然燈里會以為我是被她說中了，才會哭出來。）

愈是意識到這一點，淚腺愈不聽使喚。無計可施的她只好別過臉去。

「……我怎麼知道啊。戀雪同學他真的完全沒提……」

「小夏，妳太狡猾了！妳也打算用這種態度，裝作沒有察覺芹澤同學的心意嗎？」

燈里顫抖的嗓音打斷了夏樹像是辯解的發言。

practice 7

～練習7～

（騙人，燈里她……哭了……？）

夏樹帶著疑惑的視線望向燈里。出現在眼前的，是她從未看過的好友的模樣。

燈里的臉上總是帶著笑容。印象中，自己從來沒看過她生氣或是哭泣的表情。

雖然也有女孩子揶揄她粗神經，但夏樹和美櫻再明白不過了，燈里是因為太溫柔，不願意讓任何人為了自己困擾或悲傷，才會持續綻放出笑容。

（沒錯，燈里就是這樣的女孩子……）

其實，夏樹也曾抱持著和其他女孩子相同的想法。看著總是滿面笑容的燈里，有一陣子，夏樹甚至懷疑她這麼做，只是為了博取他人的好感。

然而，和燈里的交情逐漸加深之後，夏樹發現這一切都只是因為她很溫柔。

（雖然有時燈里單純得過頭，但那是因為她個性坦率啊。）

就連現在燈里所說的，也都是再正確不過的事情。

就是因為感到不可思議、因為想要確實了解，才會像這樣拋出疑問。

（……我得好好面對她才行。）

夏樹緊緊握拳，面對紅著雙眼的燈里開口：

「我認為自己有時的確很狡猾。可是，這跟春輝有什麼關係……？」

燈里吸著鼻子喃喃說道：

「能讓芹澤同學說出『喜歡』的人，就只有妳呢。」

「……咦？」

聽到喜歡一詞，夏樹感覺頭部彷彿挨了重重一擊。

（難道燈里聽到春輝那次的告白預演了……？）

在「那是一場誤會」這句話差點脫口而出的時候，夏樹猛地踩下煞車。

她完全沒有方法證明那只是告白預演。被春輝本人告白的她也就算了，想要說服其他人，根本沒有足夠的證據。

（如果老實說出來，不知道她會不會相信……）

「燈里，我跟妳說……」

或許是認為夏樹打算辯解什麼吧，燈里搖搖頭，表現出她不想聽的態度。

「小夏，妳別再打馬虎眼了，說出真相好嗎？不管是美櫻還是我的畫作，到頭來，都沒能讓他說出『喜歡』呢。」

「…………咦？」

聽到自己發出愚蠢的聲音，夏樹連忙以手掩嘴。

燈里看似不滿地皺起眉頭，然後開始滔滔不絕地訴說自身想法。

「在創作電影用的那幅畫時，我也思考了很多事情。戀愛是什麼？是在何種心境下的感覺？然後我發現，對我來說，那跟我在畫圖，或是看到喜歡的畫作時湧現的感情，或許是相同的東西。」

（所以，意思是……）

夏樹以一團混亂的腦袋努力思考，然後導出了某種假設。

「燈里，妳是因為春輝說他喜歡我的『畫作』……」

practice 7
～練習7～

「他喜歡小夏的畫對吧？」

「原……原來是指那個喔～……」

夏樹瞬間感到脫力，癱軟著身子跌坐在地。

「嗯？不然還有其他意思嗎？」

燈里彎下腰盯著夏樹的那雙眸子，散發出惡作劇的光芒。

（……燈里果然有聽到嗎？）

夏樹原本想開口確認，最後卻吐露出完全不一樣的問句。

「……燈里，妳覺得我的畫如何？」

「我很喜歡啊。最喜歡了。」

語畢，燈里才眨眨眼「咦？」了一聲。

聽到燈里立刻如此回答，雖然有點難為情，夏樹仍對她露出笑容。

「……我也喜歡妳的畫喔。我很憧憬畫中那種其他人所沒有的世界觀。我同樣喜歡美櫻精緻又細膩的畫，讓人想一直欣賞下去。」

愈來愈害臊的夏樹，後半句忍不住愈說愈快。

不過，她的心意似乎有順利傳達出去。眼前的燈里露出開心不已的表情。

「小夏！小夏～！」

「哇啊！等等，燈里……好難受……」

燈里伸出纖細的雙臂，環繞住癱坐在地的夏樹的脖子。

（有股甜甜的水蜜桃香……）

注意力轉移的瞬間，環住她的雙手擁得更緊了。

儘管看起來纖細，但燈里總是靠著這兩條手臂採購畫布和畫具，可說是經過鍛鍊的。

被她這麼不客氣地緊緊抱住，就別的方面來說，也足以讓人眼眶泛淚。

「……對不起，我剛剛的說法很壞心。」

燈里在耳畔以顫抖的嗓音說道。

肩頭傳來一陣濕潤感，夏樹無語地搖了搖頭。

「該說對不起的人是我才對呢。」

practice 7
～練習7～

在水蜜桃香氣籠罩下，夏樹靜靜閉上雙眼。

（之後，問問燈里是用哪款洗髮精好了……）

知道牌子之後，下次或許可以一起去採買。

當然，到時候也要約美櫻，然後三個人一起去。

❤ ❤ ❤ ❤ ❤

夏樹把頭靠在電車的窗戶上，感受著彷彿剛從泳池上岸的疲憊。

（燈里不知道有沒有趕上……）

燈里在目送電車族的夏樹上車後，才前往公車站。夏樹望向車站前的公車停車處，或許已經發車了吧，那裡看不到公車，也沒有好友的身影。

（還是傳個簡訊過去好了。）

她將手探入開襟毛衣的口袋，取出手機。

正要打開時，夏樹發現簡訊通知燈亮著。

「糟糕，我都沒發現……」

她暗自祈禱不是什麼緊急聯絡，連忙打開收件匣。

美櫻的簡訊混在其他廣告簡訊之中。

『燈里剛才有追過去找妳呢，妳們順利見到面了嗎？

明天我們再三個人一起回家吧。

不要輸給牙醫嘍！Fight！』

美櫻溫柔的聲音在腦中響起。不受控制的淚腺，再次讓夏樹的視野一片模糊。

她用開襟毛衣的袖子粗魯地擦了擦眼角，準備回應這封簡訊。

但卻遲遲無法移動到編輯新簡訊的畫面。

（明天再三個人……意思是，美櫻已經不打算跟春輝一起回家了嗎？）

根據夏樹所聽說的，在美術社的比賽結束後，這次換春輝表示他暫時無法跟美櫻一起

practice 7
～練習7～

回家。雖然是因為春輝得忙著製作電影，但夏樹總覺得理由應該不僅如此，讓她內心有些不安。

（雖然也只是我的直覺……）

會這樣靜不下心來，是因為夏樹明白春輝打算跟某個人告白。

（對方到底是誰啊……？不對，我已經決定了。不管是誰，都要支持他啊！）

夏樹「咚」一聲再次將頭靠上車窗，試圖讓自己停止思考無謂的事情。

決定不要插手，單純在一旁靜靜守護的人，是自己。

這時，手中的手機突然震動起來。

夏樹的肩膀因嚇到而微微動一下。她戰戰兢兢地望向螢幕確認。

「咦，是戀雪同學？」

看到令人意外的寄件人名稱，夏樹不禁驚叫出聲。

現在還不到下班的尖峰時段，車上只有三三兩兩的乘客，所以她的聲音也顯得格外響

亮。不過，幾乎沒有人對夏樹行注目禮。

鬆了一口氣之後，她點開簡訊的內文。

『我在那個公園裡頭等妳。』

沒有標題，內容也只有這麼短短一句，也沒有指定時間。很難想像是那個生性認真、簡訊的用字遣詞也總是相當客氣的戀雪所寄來的。夏樹忍不住再次確認寄件人。

不過，這封簡訊果然是戀雪傳來的沒錯。她有種無助的感覺。

（怎麼辦……我還是過去一趟比較好吧……？）

如果用「手機沒電了沒注意到」，或是「睡著了所以沒發現」，或許就能解決。

或是先回信詢問他是什麼事情，應該會比較妥當才對。

然而，無論是哪種方法，夏樹都覺得有些提不起勁。

（如果用簡訊問他，戀雪同學可能會巧妙地回以避重就輕的答案吧。）

這也只是夏樹無憑無據的直覺，但她總覺得會是正確的。

剩下不到兩分鐘，電車就會抵達離自家最近的車站。而從車站走到公園，大概要花十分鐘左右。

夏樹簡短地寫下「我十五分鐘後到」，然後閉上雙眼，按下傳送鍵。

她隨即收到戀雪表示「謝謝妳」的回信，心跳也跟著紊亂起來。

（不知道戀雪同學想跟我說什麼？如果……如果他是要告白的話……那我……）

♥ ♥ ♥ ♥ ♥

來到公園的夏樹，眺望著戀雪坐在長椅上逗弄流浪貓的身影。

或許是他溫柔的側臉緩解了自己的緊張吧，夏樹很自然地發出開朗的呼喚聲。

「戀雪同學，讓你久等了。」

「不，怎麼會呢！是我約得太突然了，真不好意思。」

戀雪連忙從長椅上起身，朝夏樹恭敬地鞠躬。

就連這種時候他都彬彬有禮，讓夏樹不禁莫名敬佩。

「……像這樣兩人單獨聊天，是從那天之後的第一次呢。」

（馬上就直搗核心啦！）

夏樹感覺到心臟猛然抽動一下。她有些僵硬地點點頭。

「在學校時，就算想和妳說話，我也忍不住會在意瀨戶口同學的視線……雖然這是我自作自受就是了。」

優和戀雪很明顯地與彼此拉開了一段距離。

他們倆之前的交情算不上親密，但在和夏樹三人一起聊漫畫時，優和戀雪也會很普通地互開玩笑。不過，在暑假那件事之後，兩人的關係就完全變樣了。現在，就連他們會不會以「同班同學」的態度和對方搭話，恐怕都很難說。

「之前優擺出那種態度，對不起啊。誤會已經解開了，之後只要有某種契機……」

只要有某種契機出現，就能恢復以前的樣子——原本打算這麼說下去的夏樹，此時不

practice 7
～練習7～

禁閉上嘴。

因為她發現戀雪望著自己的眼神悲傷不已。

夏樹試著思考自己是否說了什麼傷害他的話，但百思不得其解。

她對戀雪露出困惑的表情，結果後者悄聲說了些什麼。

「……沒有……會。」

「咦？抱歉，我沒聽清楚……」

「如果我說『瀨戶口同學並沒有誤會』，妳會怎麼做，榎本同學？」

悲痛的情緒從戀雪的眼中消散，取而代之的是極為認真的光芒。

他筆直的眼神彷彿是在試探自己，讓夏樹有些坐立不安。

不過，也只是這樣罷了。

只要試著深呼吸，腦中的思緒就會慢慢清晰起來。

（總覺得戀雪同學好像一直都隱藏自己的真心話……）

她的腦中浮現燈里選擇直接跟自己面對面，好好把話說清楚的那個身影。跟燈里比起來，戀雪甚至讓夏樹有種大失所望的感覺。

「戀雪同學，你想說的就是這個嗎？」

「呃，那個……我剛才說的只是一種假設……」

無法繼續說下去的他，最後默默垂下頭。

看著戀雪沮喪不已的模樣，夏樹不經意地吐露出自身的感想。

「戀雪同學，你跟我很像呢。」

雖然是出自自己口中的發言，但連夏樹本人都詫異地「咦」了一聲。

聽到這句話的戀雪也抬起頭來，對她投以不解的視線。

（為什麼我會覺得我們兩個很像呢？戀雪同學是隱藏自己真正的心意，用假設的方式來……）

夏樹在腦中反覆思考，最後得到了答案。

沒有真正告白，而是選擇了告白預演的夏樹。

隱藏自己真正的心意，試圖透過假設來打聽對方心意的戀雪。

兩人的共通點，便是沒有和對方真正面對面的勇氣。

以及企圖模糊這項事實的一舉一動。

「……雖然這是我個人的情況……」

夏樹以這句話為前提，道出自己前一刻發現的答案：

「我一直對自己很沒有信心。無論是什麼都好，我渴望擁有一個能讓我胸有成竹地說出『這就是我！』的東西。所以，我才會參加美術相關的比賽。然而，就算這樣，我還是替自己留了退路。」

戀雪專注地傾聽著夏樹的話，甚至忘了眨眼。

像是被他的反應鼓舞一般，夏樹將堆積在內心的想法全都坦露出來。

「雖然想著『這次絕對要得獎』，但我的創作進度遲遲沒有動靜。我想，或許是因為自己早就在腦中設想好藉口了吧。『因為沒有發揮全力，所以才沒有得獎』這樣。燈里和美櫻明明都那麼努力……」

將思緒化為言語實際道出的同時，原本深藏在內心的真正想法也跟著浮現。

遺留在上鎖的寶箱底部的，是令人意外的一道光芒。

「無論是什麼都可以，我想要一個能讓自己建立自信的東西，但後來，我察覺到其實並非是『無論什麼都可以』。如果不是自己真正想做的事，並努力做到自己也能接受的程度，就沒有任何意義。」

（是嗎……原來我是這麼想的呀。）

得知自己沒能獲獎時，夏樹並非是因自身的作品沒有獲得賞識而難過。

只是為了「我果然不行」而無比失望。

會決定參加比賽，或許也只是因為她想要一個能夠讓所有人誇讚、絕對而獨一無二的東西吧。

practice 7
～練習7～

「妳真正想做的事情是什麼，榎本同學？」

那是道宛如平靜海面的嗓音。

現在，戀雪不再散發出以往那種企圖單方面打探夏樹的感覺了。取而代之的，是一種「我想更了解這個人」的單純心情。

夏樹以食指抵唇，朝戀雪露出微笑。

「我還沒對任何人說過呢。在確實成形之前，你可以替我保密嗎？」

「當然。因為我……我一直是站在妳這邊的。」

戀雪斟酌著自己的用字遣詞，最後和夏樹同樣展露笑容。

夏樹點了點頭，道出自己剛降臨到這個世上的夢想。

「我真正想做的事情是——」

Haruki Serizawa

芹澤春輝

生日／4月5日
牡羊座
血型／A型

夏樹的青梅竹馬。
隸屬於電影研究社。
像個淘氣的大哥。
憑藉自身
超凡的感性
投入電影創作。

practice
~練習8~
8

Practice 8 ～練習8～

不要急，做仔細。

夏樹像是念咒般喃喃自語，同時專心致志地讓雙手動作。

在時鐘的長針和短針發出重疊的聲響時，她放開手上的筆刀。

「完……完成了～……」

終於完成整個作業後，她癱倒在自己的床上。

儘管肩膀和雙手都因連日以來的操勞而痠痛不已，但這股解放感似乎有助於減輕痛覺。全身上下的疲勞感，甚至讓夏樹覺得暢快。

她轉頭望向桌上的時鐘。

原本以為現在應該十二點左右，沒想到比自己預料中更晚兩個小時。

（哇！在不知不覺中，另一天開始了……）

practice 8
～練習8～

驚嘆時光飛逝的同時，夏樹也對自己的集中力有些感動。

做自己真正想做的事，為自己帶來自信。

儘管夏樹這樣暗自發誓，但真正要執行的時候，卻遠比想像中困難。

能夠像這樣堅持努力到最後一刻，都是多虧了美櫻、燈里，還有戀雪的支持。

而且，戀雪還替夏樹看過了原稿。平常就有看漫畫習慣的他，給予的建議也都相當精確。最重要的是，戀雪十分能設身處地為夏樹著想，並不斷鼓勵她。正因如此，夏樹才覺得自己能不挫折而氣餒，確實完成這個目標。

（到了早上，我就先傳簡訊給他們三個……）

思考該怎麼向三人報告時，夏樹腦中浮現了另一個人的臉。

（也跟春輝說一聲好了。我們是告白預演的戰友嘛。）

放學後，在教室裡充當春輝告白預演的對象，是比賽結果揭曉前一天的事。至今，已經過了兩個星期。

直到十月即將結束的現在，春輝仍沒有跟任何人告白的跡象。

（畢竟是春輝啊，或許有什麼理由吧……）

在告白預演結束後，這個青梅竹馬吃驚地發現儘管只是練習，卻還是需要莫大的勇氣——回想起春輝當時的表情，夏樹總覺得無法排除他因為踏不出最後一步，而選擇放棄的可能性。

（如果我在這時率先出馬，是否能成為推動春輝的助力呢？）

這樣的話，春輝搞不好會基於感激，日後用更親切的態度對待自己。

不對，他八成會用鼻子哼笑著表示「才不需要妳雞婆呢」。

無法鎮定下來的腦袋，不斷思考著得不出結論的事情。

夏樹在床上翻來覆去，將原本趴著的姿勢改為仰躺。

「……不知道優睡了沒？」

突然莫名在意起這件事的她，躡手躡腳地來到窗邊。

她悄悄拉開窗簾，窺視對面鄰居的情況。

practice 8
～練習8～

優似乎還在念書。位於二樓角落的房間透出淡淡的燈光。

「嗚哇~他今晚也很拚命耶~」

這種情況下，以往的夏樹都會傳簡訊過去，但今天，她選擇僅在自己房裡出聲讚嘆。

在暑假那件事之後，至今，兩人之間仍被一道看不見的牆壁阻隔著。

（不過，等到明天……）

她決定踹倒這道無形的牆，去見人在對面的優。

然後，不是預演，而是真的向他告白。

「給我洗乾淨脖子等著吧，優！」

♥ ♥ ♥ ♥ ♥

「小夏的便當裡有兔子耶！」

夏樹在美術準備室的長方桌上打開便當後，看到裡頭的兔子蘋果，燈里露出閃亮亮的眼神。

「因為今天要一決勝負，所以就硬是拜託我媽幫我做了。」

夏樹緊握雙拳，有些自豪似地表示。

聽到「一決勝負」一詞，美櫻也停下吃三明治的動作。

「這……這麼說來，在考試之前，妳的便當好像也會出現兔子蘋果，對吧……」

「啊哈哈！為什麼緊張的是妳啊，美櫻？」

夏樹不禁噴笑出聲，燈里和美櫻也跟著笑起來。

午休時，夏樹去找了社團顧問松川老師，拜託她讓三人借用準備室。

因為第五、六節課是選修美術，所以老師很乾脆地替她們打開了準備室。

（抱歉，繪里老師！其實我只是需要一個讓我做好心理準備的場所！）

星期五下午是選修課程的時段，而夏樹等人理所當然地選擇了美術。

優是回家組的，但最近因忙於電影的製作，他時常在學校待到最晚放學時間。儘管如

practice 8
～練習8～

此，為了避免萬一沒遇上他的窘境，夏樹早上仍傳了跟優約定見面的簡訊過去。

「不過，看到簡訊的時候，我真的嚇了一跳呢～」

「畢竟內容是『漫畫完成了，所以我今天要告白』嘛。」

看到燈里和美櫻異口同聲的反應，夏樹不禁有些疑惑。

「咦，為什麼？我之前不是就有說過，等到漫畫畫完以後，我打算正式告白嗎？」

「真是的～小夏！」

「是……是！」

坐在正對面的燈里突然神情凝重地呼喚了夏樹的名字，接著探出身子。

再猛地伸手指向她的眼睛下方。

「妳一直都睡眠不足吧？改天再告白會不會比較好？」

「畢竟我跟燈里都只能從旁為妳加油……所以我們很擔心呢。」

回過神來，夏樹發現坐在身旁的美櫻也一臉認真地望著自己。

面對兩人體貼的心意，夏樹不禁眼眶泛淚。

「……燈里、美櫻。真的很謝謝妳們。我會加油的。」

「小夏，我支持妳喲！」

燈里緊握住夏樹的雙手，彷彿想將力量傳送過去似地發出「唔唔唔……」的呻吟。

目睹燈里的行動，美櫻也伸出自己的手。她的表情散發出前所未見的英氣。

「我也事先調查了緩和緊張情緒的方法。如果有需要，就跟我說一聲吧。」

「不愧是美櫻！要是因為太緊張而搞錯告白對象，那可就不得了嘍。」

「……這應該不是因為緊張，只是太迷糊而已吧？」

燈里傻呼呼的發言，以及美櫻一本正經的吐嘈。

雖然是極其稀鬆平常的相處模式，夏樹卻感到原本緊繃的雙肩逐漸放鬆下來。

（感覺她們像是在表達「按照妳平常的步調來就好嘍」呢。）

因為要正式告白而卯足幹勁固然很好，但另一方面，這也讓夏樹緊張得僵硬不已。

夏樹感受著無法以言語道盡感謝的珍貴友情，同時伸出食指表示：

practice 8
～練習8～

「不要緊！因為巨蟹座是今天星座運勢排行榜的第一名。」

因此認為機不可失的夏樹，滿面笑容道出這個情報，但不知為何兩位好友毫無反應。片刻的沉默後，燈里和美櫻小心翼翼地開口了：

「雖然我覺得不太可能，但妳會決定在今天告白……」

「是因為星座占卜的結果……嗎？」

「嗯，對呀！」

「早安新聞」的星座占卜相當準確。對夏樹來說，是最強而有力的伙伴。

（咦？她們兩個為什麼愣住了呀……？）

是認為光憑占卜結果，說服力還是有點薄弱嗎？夏樹這麼想著，從書包裡掏出塞得鼓鼓的化妝包。

「當然，我也有考慮到補救睡眠不足的對策喔！鏘鏘～！」

拉開化妝包的拉鍊後，睫毛膏和口紅等用品從內部探出頭來。或許是夏樹覺得自己的化妝品陣容不夠強大吧，裡頭還有著偷偷跟媽媽借來的東西。

「這樣就能遮住黑眼圈，也能把睫毛弄得飛翹，萬無一失！」

夏樹秉持著打鐵要趁熱的想法轉開睫毛膏的蓋子，這時燈里和美櫻才宛如大夢初醒般地吶喊出聲。

「等等！要先把臉洗乾淨才行！」

「在上粉底之前，要先塗隔離霜！應該說，只要上蜜粉就夠了啊啊啊啊！」

在美櫻和燈里的尖叫聲此起彼落的同時，告知午休時間結束的鐘聲無情地響起。

面對逐漸逼近的約定時間，夏樹的心跳也隨之猛烈加速。

♥ ♥ ♥ ♥ ♥

在一片寂靜的社團教室裡，優獨自和一堆書面資料奮鬥著。

運勢
NO.1
巨蟹座

儘管時節即將迎向立冬，透過窗戶打在背上的陽光，仍溫暖無比。

（「日照充足」大概是我們的社團教室少數的優點之一了吧～）

成立時間不到三年的電影研究社，是櫻丘高中目前最新的社團。

當時，唯一剩下的空教室位於校舍最上層的盡頭，是個必須長途跋涉才能抵達的場所，而且原本還被當成倉庫使用。

在夏樹加入幫忙整理後，才變成現在看到的這間教室。

（……夏樹今天也完全睡死了呢。）

她似乎已經好幾天都睡眠不足，眼睛下方也時常浮現黑眼圈。

優原本以為是忙於應付推薦入學考的緣故，然而，儘管已經到了靜待結果通知的時期，黑眼圈仍一直殘留在夏樹的臉上。

（直接問本人，馬上就能得到答案。可是……）

聽到蒼太說春輝和夏樹告白後，優便盡可能和這兩人保持一段距離。不是基於嫉妒或遷怒等理由，而是想等到自己變得更有自信的時候，再去面對他們。

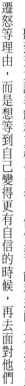

practice 8
～練習8～

（雖然我也很在意春輝的告白結果啦。）

喜歡的人是否交上了男女朋友這種事，應該沒人不會在意才對。

然而，比起這個，在告白過後兩人的態度還是一如往常，才是更讓優在意的地方。雖然看起來的確拉近了一些距離，但感覺仍屬於青梅竹馬的程度。

（……而且，夏樹又傳了一封微妙的簡訊過來……）

優用雙手將擱置在長方桌上的手機撈過來，然後點開夏樹的簡訊。

沒有標題，內文也相當簡短。

『明天，你可以再答應我的任性要求一次嗎？

放學後的六點二十五分，請在教室裡等我。』

夏樹所指定的時間，是最後放學時間的五分鐘前。

她究竟打算在那個時間、那個地點做些什麼，優完全沒有頭緒。

（難道是正式上場前的最後一次告白預演……之類的？）

夏樹是為了營造出氣氛，才刻意安排這樣的時間地點嗎？

「……反正還有一段時間，多少整理一下吧。」

無論怎麼胡思亂想，都不可能得到答案。

優再次死盯著在家中整理出來的作業流程表，不到一分鐘，他就捏住自己的眉心。

一星期前，學生會聽聞電影研究社打算拍攝用來紀念畢業的電影，便提出希望能在畢業典禮前一天舉辦首映會的要求。

（春輝會那麼爽快地答應，倒是有點出乎意料……）

當初，電影研究社——亦即優等人原本是站在反對這種安排的立場。

倘若只是邀請對這部作品有興趣的人前來觀看，倒還無所謂，但現在，不但是學生會主動要求，對方還挑了一個意義重大的放映日期。

聽完學生會的要求後，優一開口就毫不客氣地打回票：

「如果刻意在畢業典禮的前一天放映，很有可能會讓觀眾產生一些先入為主的觀念

吧？站在我們的角度，如果無法讓觀眾摒除預設立場來欣賞這部作品，就傷腦筋了。」

然而，不願就此放棄的學生會長探出上半身繼續說道：

「其實我是電影研究社的粉絲！」

「咦，是喔？真的假的～很令人開心耶。」

第一個淪陷的人是蒼太。

在三人之中個性最坦率的他，已經對學生會長露出滿面笑容。

「望太，你也太容易被說動了吧。」

儘管嘴上這麼說，但春輝很明顯地同樣開始動搖。

為了堅持自身的立場，優原本保持沉默，但春輝徹底的傲嬌表現，讓優不禁噴笑出聲。

或許是兩人意外軟化的態度變成了助力，學生會長更加激動地表示：

「我們只是單純希望自己尊敬的人拍攝的電影，能夠被更多人看到！」

最後，這句話成了關鍵的一擊。電影研究社的畢業製作決定要對全校公開放映了。

（有這樣的機會雖讓人相當感激啦……可是作業排程感覺不太妙啊……！）

原本進度便有點吃緊了，如果變成學生會主辦的活動，還必須事前在教職員會議時提出討論。這樣一來，就必須再騰出一段時間才行。

就算趕不上畢業典禮，最糟糕的情況下，只要在春假時完成即可。

原本抱持著這種悠哉心態的優等人，現在可說是陷入火燒屁股的危機當中。

「別說望太了，就連最關鍵的導演也老是不見人影啊。」

優忍不住「哈哈哈」地乾笑三聲。

下一瞬間，像是看準時間點似地，社團教室的門被人推動。

最近狀態愈來愈糟的大門伴隨著沉重聲響打開，氣喘吁吁的春輝探出頭來。

「嗨……嗨……久等了。」

「咳咳！你……你辛苦了。」

優原本打算等到春輝來了，一定要說他個幾句，但他明白現在不適合這麼做。

practice 8
～練習8～

優乾咳一聲，將原本溢上喉頭的話語吞回去。

「你好慢喔。今天是繞到哪裡去啦？」

「啊～嗯……比起這個，望太呢？」

春輝罕見地顧左右而言他起來。儘管有些在意，但優還是順著他的意思換了個話題。

「他去參加考取者說明會了。」

如同蒼太之前的宣言，他成功突破了推薦入學的門檻，在正式應考時充分發揮出實力，是三人之中最快順利考上的一個。

「……優，你是一般應考生嘛。」

聽到春輝事到如今才這麼問，優開始猶豫這次是否要詢問他理由。

然而，之前蒼太透露的消息，讓他再三遲疑。

「聽說春輝可能會去美國念大學。」

至今，優和蒼太都沒聽春輝本人提過相關的事情。

在關鍵時刻，春輝會將自己的目標公諸於世。雖然這會成為鼓舞周遭眾人的力量，但也僅限於是他需要協助的情況下。

如果可以靠自己一個人闖關，那麼，在看到成果之前，春輝都會一直隱瞞他人。他擁有能夠這麼做的強韌意志力。

（如果他選擇不告訴我們，應該就是這種情況了吧？）

優勉強自己接受這樣的推理結果，然後若無其事地露出笑容。

「到了下個月，我也會試著申請推薦入學。雖然沒抱太大期望就是了。」

「……這樣啊。」

「嗯。」

對話到此結束，春輝拉開座椅的聲音顯得格外響亮。

（有……有點尷尬啊……沒想到我也會有必須設法找話題跟春輝聊的一天……）

別說是夏樹了，就連美櫻的名字，優都不知該不該提起。

然而，這兩個人分別是春輝等人的青梅竹馬及其好友。

就算選擇了完全無關的話題，有時也會無意間扯到她們倆的身上。實際上，昨天在聊小考的話題時，優就險些迸出夏樹的名字，讓他一瞬間心驚膽跳。

安靜而沉重的氣氛持續了片刻後，春輝突然開口問道：

「你記得我去年拍攝的那支片子嗎？」

「咦？噢，那部以棒球社為主題，感覺像紀錄片的影片嗎？」

春輝在高二那年冬天放給優看的那部微電影，是由他一個人獨力完成的。

他還記得電影裡的對白被刪減到極致，是透過音樂和畫面來呈現整部作品。

「對了，你好像有說要把它拿去參賽？那結果……」

就是因為得知結果，春輝才會突然提起這件事吧。

內心的疑問一瞬間變成肯定，抹去優未能說出口的字句。

（之前一直從春輝身上感覺到的異樣感，難道就是……）

春輝輕輕地「嗯」了一聲，接著優的話往下說：

「我拿下了最優秀獎。」

「……我……可以跟你說『恭喜』吧？」

聽到優以顫抖的嗓音這麼問，春輝聳肩露出苦笑。

「嗯，謝啦。我也對得獎這件事感到由衷開心。」

「那還有什麼問題？跟其他獎賞有關嗎？」

儘管內心已經猜到了一半以上，但優還是無法不實際開口確認。

他忍不住從座位上起身，然後逼近春輝。

相較於明顯動搖的優，春輝本人則是一派輕鬆地笑道：

「不愧是優，有夠敏銳呢。最優秀獎的獎勵，是到國外大學留學的機會。」

「……這件事……你有對其他人提過嗎？」

「沒有，你是第一個。望太的話，我應該明天會告訴他吧。」

心臟傳來令人不悅的脈動聲。優以乾啞的嗓音問道：

practice 8

～練習8～

「那夏樹呢……？」

「嗯～這個我還在猶豫呢。因為一定會給她帶來困擾啊。」

「給她帶來困擾……是指……」

明明都跟她告白了，這麼做不會太不負責任了嗎？

優的內心湧現想要如此吶喊的衝動。然而，在瞥見春輝有些落寞的神情後，他詫異地止住呼吸。

（啊，又來了……這種異樣感究竟是……）

無論遇到什麼事，都會選擇正面解決的春輝，為什麼會表現出躊躇？

或許，正是因為他認為自己不能做出不負責任的行為？

（……啊！原來是這麼一回事嗎？）

一瞬間，問題的答案彷彿從天而降。

春輝喜歡的人八成是美櫻沒有錯。

可是，已經提出作品參賽的話，就無法不負責任地輕易跟她告白——春輝或許是這麼想的吧。

（問他們倆是不是在交往的時候，春輝沒有肯定，但也不否定……）

不，是無法斷定才對。

他應該不是認為優等人會到處宣揚，而是擔心他們可能會逼問自己為何不告白。倘若這樣的推斷正確，春輝也只能三緘其口了。

「問這個又能怎樣？假如我跟合田在交往……不對，假如我說自己喜歡夏樹以外的人，你就會放心了嗎，優？感到放心，然後就結束了？」

那次的發言，完全是在慫恿優付諸行動。

我或許做不到，但換成你的話——這大概就是春輝想表達的吧。

「優，其實你喜歡夏樹對吧？既然這樣，就多點自信啊。」

practice 8
～練習8～

優並不認為這是一句不負責任的話。

而是自己的兒時玩伴，以及同樣身為男人的春輝在背後推動他的發言。

所以，優也筆直地望向春輝的雙眼。

「……你也是。別對自己的選擇後悔了喔。」

春輝微微瞪大雙眼，最後輕笑出聲。

♥ ♥ ♥ ♥ ♥

在燈里和美櫻的目送下，夏樹踏上前往三年二班教室的路程。

在靜謐的校舍中，每踏上一階樓梯，就讓她的心跳再次加速。

抵達教室的大門外頭之後，夏樹感覺整顆心臟簡直要從體內迸出來了。

（這種感覺……跟那時候一樣呢。）

她緊緊掐著自己的制服襯衫，回想起之前夏天時的情景。
在裙子和運動褲之下的雙腿，此時也正不停發抖。

（可是，這次跟那次不同……）
從第一次的告白預演之後，至今已經過了三個月。冬天的腳步逐漸逼近。
而夏樹等人身處的環境，同樣每天都在產生變化。
（我也改變很多了！）

像是站在泳池跳水台上頭一般，夏樹緩緩地深呼吸一次。
她在腦中模擬「各就各位，預備～」的口號，然後在下一瞬間猛力拉開大門。

「優！久等嘍！」
「怎麼啦，妳感覺幹勁十足耶？好像是來一決死戰似的。」
優噴笑出聲，然後把原本在看的書擱在桌上。

practice 8
～練習8～

（一決死戰嗎……或許真的是這樣呢。）

莫名能夠接受這種說法的夏樹，大步走向優位於窗邊的座位。

而優也從座位上起身，靜靜等待她走過來。夏樹已經很久沒有這樣跟優一對一交談了。光是感受到對方望著自己，就足以讓她雙頰發燙。

「所以，妳今天打算過來對我提出什麼樣的任性要求？」

來到距離優三步遠的地方時，他語帶調侃地這麼問道。

夏樹停下腳步，將夾在腋下的信封交給他。

「這是我昨晚完成的。」

不知為何，優露出意外的表情「咦」了一聲，停止呼吸。

他就這樣愣在原地片刻，直到夏樹有些焦急地在他面前搖晃信封為止。

「啊，噢……抱歉……」

接過信封的優仍是一臉詫異的表情。

這樣的反應讓夏樹有些不解，但她仍然開始說明信封的內容物。

「這個是我之前跟你提過的原稿。優，你可以當我的頭號讀者嗎？」

因為過度緊張，夏樹總覺得自己有點破嗓，堆出來的笑容也不太成功。

不過，這還是第一步而已——她這麼說服自己，然後等待優的答案。

「如果這也是『預演』的話，那我沒辦法看。」

傳入耳中的，是優出乎意料的回應。

夏樹感覺到一股心臟被貫穿的衝擊，讓她不禁想要後退。

（要是我在這裡受傷，那就等於完全搞錯狀況了。）

這純粹是她自作自受，優完全沒有錯。

儘管內心明白，但看到優不相信那出自她的真心，還是讓夏樹湧現想哭的衝動。

「……不然，如果是『正式上場』，你就願意看了嗎？」

practice 8
～練習8～

說出口了。這次自己真的說出口了。

因為在意優的反應而抬起頭的她，看到前者露出悲傷的表情。

「什麼『不然』啊……夏樹，妳這樣真的好嗎？」

「哪有什麼好不好……我都已經說出來了呀。」

（怎麼了？到底是什麼事讓他這麼在意？）

一頭霧水的夏樹拚命向優表達自己的意思，然而，優的表情卻只是越發苦澀。

「……我愈來愈不了解妳了。」

「那……那是我要說的話才對！優，你到底想說什麼？」

夏樹不經思考而瞬間說出反擊的話語。

優隨即露出不悅的神情，然後像是為了排解煩躁感一般胡亂搔起頭髮。

（事情為什麼會變成這樣啊……？）

兩人彷彿一直在雞同鴨講。

夏樹的腦中一片混亂。她唯一明白的，只有現況變得莫名其妙一事。

瞬間想要哭出來的她不禁低下頭。

「……老師們馬上就會來替教室上鎖了，今天就先回家吧。」

優嘆了一口氣，背對著夏樹踏出步伐。

他的手上空無一物。剛才經過夏樹的座位時，他已經把信封擱在她的桌上了。

「等一下！」

回神過來的時候，夏樹發現自己一個箭步追上優，握住了他的手腕。

儘管讓優停下腳步，但他卻不願回過頭來。夏樹輕輕拉了他的手幾下，然而，優仍站在原地一動也不動。

（我絕對不要這樣錯過彼此……！）

認為這可能是最後一次機會的她，面對毫無反應的那個背影吶喊出聲：

「我所謂的告白預演都是假的！我真的很喜歡優，喜歡到不行！」

practice 8
～練習8～

優像是觸電般回過頭，圓瞪著雙眼望向夏樹。

雖然反射性想迴避這道視線，但她仍咬緊下唇繼續堅持著。

「我……我……很沒有女生該有的樣子、又愛吃醋、又不喜歡不能經常約會、又很任性、又會因為一些蠢事失控……」

說著，眼淚也跟著從眼眶溢出。

是因為難過，還是因為情緒太過激昂？

夏樹唯一明白的，就是「不想被優討厭」。

所以，她竭盡全力傾訴自己的心意。

「雖然我是這樣的女孩子，但還是希望你能跟我交往。」

伴隨著激烈不已的心跳聲，夏樹聽到另一個動搖的換氣聲。

優重複著張開嘴又閉上的動作，似乎是在尋找恰當的字眼。

感受著彷彿有永遠那麼久的每一秒，夏樹覺得自己好像快要昏厥過去。

她渾身無力，原本緊握著優的手也鬆開了。

（果然……還是不行嗎？）

優很溫柔，所以，他一定是在思考該如何婉拒，才不會傷害到自己吧。

乾脆就說這次也是告白預演算了。這樣一來，就不會造成優的負擔。自己應該考慮一下重新來過，然後再次擬定作戰的選擇。

（……不對，這麼做的話，就跟之前一樣了。）

這種做法表面上是在替優著想，但其實只是夏樹不想讓自己受傷罷了。

對於自己的弱點和狡猾之處，夏樹再清楚不過。正因如此，她不會再含糊帶過自己的心意。

最重要的是，如果現在逃走了，至今的努力都將化為泡影。

（我已經決定不要再逃避了。）

夏樹緊緊咬唇，將原本移開的視線拉回優的臉上。

practice 8
～練習8～

優似乎也已經下定決心了。他的表情不再透露出動搖。

他以一雙帶著堅強意志的眸子直直望向夏樹。

「這樣的人選，除了我以外還有誰啊？」

優的表情皺在一起，形成又哭又笑的模樣。

（……「除了我以外還有誰」……所以這是……）

面對愣愣盯著自己瞧的夏樹，優將自己的大手放在她的頭上。

在夏樹帶著不安和期待的眼神仰望他時，優一把將她攬進懷裡。

「咦？哇！」

「……終於抓到妳了。」

優顫抖的嗓音從上方傳來。

他溫暖的手撫著自己的後腦杓，雙肩則近在眼前。

（這……這個姿勢，莫非是……）

夏樹終於察覺到自己被對方緊緊擁住的事實。被淚水沾濕的臉頰再次開始發燙。

（……啊，是優的心跳聲。）

一如優的心跳聲傳入夏樹的耳中一般，優想必也感覺到夏樹的心跳了吧。靠得這麼近的時候，總覺得原本不同的兩個聲音，彷彿慢慢合而為一了。

「夏樹。」

這是她至今聽過最溫柔的呼喚聲。

在夏樹輕輕點頭後，優的手臂加強了力道。

「我才要請妳多多指教嘍。」

「……好！」

這天，夏樹和優第一次手牽手一起回家。

不是以青梅竹馬的關係，而是以男女朋友的身分。

epilogue ~終曲~

在玄關換穿好鞋子的夏樹，重複著握住門把然後又放開的動作。

在旁人眼中，這或許是謎一般的行為，但對夏樹本人而言，她已經身陷破釜沉舟的狀態了。

（今……今天……就是第一次的家中約會了……！）

週末總是在其中一人的家中度過——

暑假之後一度中斷的這個習慣，今天終於再次復活了。

雖然兩人沒有當面約好，但身為青梅竹馬的直覺準沒錯。隨著週末逼近，兩人都表現得有些心神不寧，便是最好的證據。

（能做的應該都做了吧……）

epilogue
～終曲～

夏樹奇蹟似地在手機鬧鐘響起前醒來，然後比以往更仔細地將頭髮梨好。至於服裝，她已經在前一晚挑選完畢，也對著全身鏡確認過好幾次了。

帶過去的禮物，則是和美櫻、燈里一起烤的餅乾。

「不要緊，一定沒問題！」

最後，夏樹以雙手輕拍自己的臉頰，重新打起精神朝隔壁的住家出發。

今天一定要聽到優說出那句話。

♥ ♥ ♥ ♥ ♥

「我來慰勞準考生嘍～」

「妳確定是慰勞，而不是打擾嗎？」

夏樹猛地打開門，發現房間的主人還賴在床上。

對方像是把自己藏起來似地裹在棉被裡頭，翻了個身背對夏樹。

「優，你是準考生耶，怎麼可以睡回籠覺呢？」

「話先說在前頭喔，我可是兩小時前剛躺到床上！」

「咦，你又熬夜了？太拚命也不是好事耶。」

「嗯，所以讓我睡吧！」

夏樹「咦～」了一聲，不滿地嘟起嘴，然後頓時發現一件事。

現在的情況，感覺只是青梅竹馬這種關係的延續。

夏樹用力甩甩頭，試著讓自己冷靜下來。

（要是不好好選個話題，就會每次都在搞笑短劇的狀態下結束……！）

就算透過蠻力，她也要突破現況。

夏樹鼓起幹勁走向優的床邊。

然後一把掀起他的棉被，將其扔在地上。

優跟著從床上彈起來，詫異地瞪大雙眼仰望她。

「喂，夏樹！幹嘛啦，妳不是說太拚命也不是好事嗎？」

epilogue
~終曲~

「是這樣沒錯啦，但我有更重要的事情要問你！」

語畢，夏樹有種一頭冷水從頭上澆下的感覺。

剛才明明針對慎選話題一事反省過了，現在卻選擇馬上從正面迎擊。這還真是超乎想像的發展。

（我原本打算用更迂迴的表達方式啊……）

不過，對方可是意外遲鈍的優。如果不用正面突破的方式，恐怕沒有意義。

（……既然這樣，也只能硬著頭皮上了！）

面對滿臉困惑的優，夏樹伸手揪住他的雙肩，然後逼近他的臉龐。

「呃……呃？夏樹，妳到底要做什麼啦？」

「優……你喜歡我嗎？」

下一瞬間，沉默籠罩了兩人。

優愣愣地張開嘴，在能感受到彼此氣息的極近距離下仰望著夏樹。

「……呃，現在還問這個？」

終於動起來的雙唇所吐露出的答案，讓夏樹的理智終於斷線。

她深呼吸一口氣，然後使出丹田的力氣吶喊：

「什麼叫『現在還問這個』啊，我都沒聽你親口說過喜歡我呢！」

沉默再次降臨。

原本一臉不悅的優，表情也逐漸變得蒼白。

「糟糕，真的假的啊……」

「真的啊！我告白的時候，你回我的是『我才要請妳多多指教』這樣耶！」

「哇啊啊，別再提起了啦！要命，我快羞愧死了！」

看到悶頭在床上打滾的優，夏樹露出死魚眼睥睨著他。

「那時，你說了一句『終於抓到妳了』……意思是，你從之前就喜歡我了對吧？既然

這樣，在第一次告白預演的時候，你老實跟我說不就好了……」

夏樹趁這個機會，讓一直在胸口打轉的思緒傾洩而出。

下個瞬間，優像是做仰臥起坐般猛地起身。

他帶著一臉想為自己平反的表情開口反駁：

「啥？那又不是真的告白，只是預演而已耶。一般情況下，這就代表妳的真命天子另有他人啊。都已經稍微覺得失戀了，我哪還能卯起來說出自己的心意啊。」

聽到優呻吟著道出苦澀的真相，夏樹不禁無語。

她靜靜地凝視著優，結果後者露出了自嘲的笑容。

「而且……我也希望能讓自己更有自信。春輝在執導電影方面的能力優秀到能夠得獎，望太則是能撰寫出沒話說的完美劇本，只有我，什麼都不會……」

（騙人的吧？原來優也會有這種想法……）

一開始，只是單純感到驚訝。

隨後，夏樹便為了她滿腦子只有自己的事，完全沒發現優的內心糾葛而後悔萬分。

「不過，我也決定了。我要以當上製作人為目標努力。」

像是拋開一切迷惘這麼表示的優，臉上有著更甚於宣言內容的瀟灑。

夏樹感覺到各種情緒一口氣湧上來，只能無語地點頭表示肯定。

「唉唉～妳又露出一臉想哭的表情了。」

優從床上起身，像是安撫孩子般伸出手摸了摸夏樹的頭。

苦笑著說「真拿妳沒辦法」的表情，看起來似乎很開心。

「畢業典禮前一天，我們的電影會在學生會主辦的放映會首映，我也幫了很多忙，還想了相關企畫等等，妳好好期待吧。」

「嗯……！」

夏樹強忍著淚水點頭。隨後，原本撫摸她頭頂的那隻手抽離到半空中。

下一瞬間，優使勁拉了夏樹的手一把，以雙臂將她環抱在懷中。

epilogue
～終曲～

「咦？優？」

優沒有出聲回應，只是增強了兩隻手的力道。

就像在那天放學後的教室裡頭那樣，兩人聽到了彼此的心跳聲。

不只是夏樹，優的心跳也變得激烈。

「……還有就是……」

「嗯……嗯。」

聽到自己因為緊張而變得尖細的聲音，夏樹感覺臉頰彷彿快噴出火來。

優也像是再也無法忍耐地大笑出聲，原本緊張的空氣也隨著緩和。

「果然，還是這樣比較像我。」

在夏樹發問之前，優帶著笑容開口：

「我喜歡妳。」

「……不……不可以偷襲！你再好好說一次。」

「咦～？暫時沒辦法了啦。這對心臟很不好耶。」
「對吧？我可是戰勝這種緊張感告白了呢。」
「是是是，我很感謝喔。」
「聽起來一點誠意都沒有～！」

之後，兩人一如往常的對話持續著。

躺在書桌抽屜裡頭，等著被男朋友送給女朋友的兩只對戒，靜靜地傾聽著他們開心的嬉鬧聲。

epilogue
～終曲～

THE END

HoneyWorks成員留言板！

comments

希望大家都會
怦然心動

↑ 雞蛋

ゴム

Gom

非常感謝將告白預演
小說化的企畫。
跟Yamako討論PV的時光真令人懷念…
HoneyWorks今後也請大家繼續指教!!

shito

shito

十分感謝
小說化!!
我也回想起自己為了
參加夏季大賽，
跟朋友一起在
美術教室度過的
那段時光。
好懷念啊……
如果大家讀了小說
都能怦然心動
又樂在其中，
我會很開心!!
ヤマコ
ヤマコ

我也……

好想像那樣怦然心動…zzz

請大家

多指教嘍～～!!

Oji

十分感謝

告白預演小說化企畫！

無論是叔叔阿姨姊姊或是小嬰兒，

都一起閱讀本書然後怦然心動吧…！

小夏好可愛喔…

ろこる

WHO'S NEXT?

國家圖書館出版品預行編目資料

告白預演 / HoneyWorks原案；藤谷燈子作；咖比獸譯. -- 初版. -- 臺北市：臺灣角川, 2015.04-
冊；　公分
譯自：告白予行練習
ISBN 978-986-366-468-0(第1冊：平裝)

861.57　　104003103

Kadokawa
Fantastic
Novels

告白預演系列 1

告白預演

(原著名:告白予行練習)

2015年4月22日 初版第1刷發行
2023年11月21日 初版第7刷發行

原　案:HoneyWorks
作　者:藤谷燈子
插　畫:ヤマコ
譯　者:咖比獸

發行人:岩崎剛人
總編輯:蔡佩芬
編　輯:黃怡珮
美術設計:宋芳茹
印　務:李明修(主任)、張加恩(主任)、張凱棋

發行所:台灣角川股份有限公司
地　址:104台北市中山區松江路223號3樓
電　話:(02)2515-3000
傳　真:(02)2515-0033
網　址:www.kadokawa.com.tw
劃撥帳戶:台灣角川股份有限公司
劃撥帳號:19487412
法律顧問:有澤法律事務所
製　版:尚騰印刷事業有限公司
ISBN:978-986-366-468-0